INK INK INK INK INK INK
INK INK INK INK INK
INK INK INK INK INK INK
INK INK INK INK INK
INK INK INK INK INK INK
INK INK INK INK INK
INK INK INK INK INK INK
INK INK INK INK INK
INK INK INK INK INK INK
INK INK INK INK INK
INK INK INK INK INK INK
INK INK INK INK INK
INK INK INK INK INK INK
INK INK INK INK INK
INK INK INK INK INK INK
INK INK INK INK INK
INK INK INK INK INK INK
INK INK INK INK INK
INK INK INK INK INK INK
INK INK INK INK INK
INK INK INK INK INK INK
INK INK INK INK INK
INK INK INK INK INK INK
INK INK INK INK INK

NK INK INK INK INK INK IN
INK INK INK INK INK INK
NK INK INK INK INK INK IN
INK INK INK INK INK INK
NK INK INK INK INK INK IN
INK INK INK INK INK INK
NK INK INK INK INK INK IN
INK INK INK INK INK INK
NK INK INK INK INK INK IN
INK INK INK INK INK INK
NK INK INK INK INK INK IN
INK INK INK INK INK INK
NK INK INK INK INK INK IN
INK INK INK INK INK INK
NK INK INK INK INK INK IN
INK INK INK INK INK INK
NK INK INK INK INK INK IN
INK INK INK INK INK INK
NK INK INK INK INK INK IN
INK INK INK INK INK INK
NK INK INK INK INK INK IN
INK INK INK INK INK INK
NK INK INK INK INK INK IN
INK INK INK INK INK INK

文學叢書／235

猴王

孫悟空的童年時代

鄧維楨 著

重寫孫悟空從出生到大鬧天宮這一段，我並沒有貶低原著的意思。我試圖把這隻猴子寫得率真一點，把牠的師父寫得無能一點，玉皇大帝寫得智慧一點，動物都寫得高尚一點……寫完之後，我發現我並未跳出吳承恩的手掌心。

二〇〇九年三月十九日

1

十億年前，也許更久一點，二十億年，離中國很遠很遠的一個大洲，也許就是現在的澳洲，中部，聳出一座大山，不長樹，不長草，整個山紅赤赤的。就在山的頂端上有一塊大石頭。這塊大石頭極特別，大大的、有稜有角、晶瑩剔透，可能就是現代人叫的「鑽石」吧。

這只大鑽石，白天暴露在烈日之下，夜晚沉睡在月光之中。一億年過去，又一個一億年過來；一億年過去，又另一個一億年過來。有風和日麗的日子，也有狂風暴雨的天氣。氣溫有時極熱，有時極冷；日夜不同，也隨著季節不同。就這樣，大鑽石日日夜夜攝取著天真地秀，日精月華。

十億年過去了。大鑽石懷孕了；沒有人知道原因，也沒有人知道什麼時候開始的。在雷電交加的風雨之夜，大鑽石突然大放光芒，一聲巨響，爆裂開來，迸出一隻毛茸茸、金色美麗的石猴。

石猴翻了個筋斗，舒展一下身子，直挺挺地，很神氣地站在破碎的鑽石上，大喊道：「我來了！」

出生後，石猴繞著大赤山，四處閒逛。草叢中，有一隻小白兔凝視著牠；一靠近就躲開了。岩石上，有一條青蛇在乘涼；一靠近，一溜煙就不見了。草原上，袋鼠媽媽帶著寶貝在玩；走近一點，孩子馬上跳進媽媽的肚子裡，媽媽走開了。失望中，有一群鴕鳥飛速地從牠身旁跑過。石猴覺得沒有動物對牠好奇，沒有動物要和牠做朋友，寂寞極了。

於是石猴離開了故鄉——大赤山，孤獨地往外走。不知道走了多久，牠穿過無邊無際的沙漠，曾經在灌木叢中、草長過人的草原上迷路。

石猴漫無目的，走啊走。漫遊中，和野馬競跑，居然贏過牠們；鳥群從空

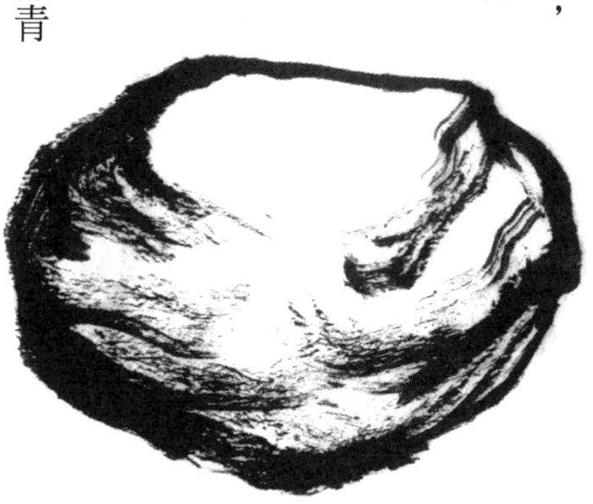

中飛過，牠跳起來差一點抓住其中一隻。

走啊走，有一天，無意中，發現了一條小溪，牠就沿著小溪前行；不久，一條大河橫在前面，順著大河，往下游走，牠看到汪洋大海了。

到得海邊，已是黃昏時分。天空上，歸鳥點點，彩霞片片，煞是好看。石猴玩心大起：為什麼不到天邊採幾朵彩霞玩玩。在海邊的礁石上，牠找到了一塊浮木；放在水面。踩上浮木，用力向前衝，一次又一次，都被海浪沖回；石猴精力旺盛，試了一千零一回，還是衝不出海岸。

累了，躺在浮木上休息，石猴不知不覺睡著了。退潮的海水把石猴連同牠的浮木漂向海中。當牠醒過來的時候，彩霞不見了，只見天上繁星一閃一閃的向牠眨眼。

石猴隨著浮木漂流到了海中央。牠試著想讓浮木朝一定的方向前進，雖然力大無窮，但是失敗了；牠擋不住洋流的流向。

在海上，石猴子並不感到無聊，牠頗能自得其樂。牠欣賞落日餘暉，也能在寂靜的夜晚細數星星。在浮木上，或者打拳，或者表演特技。牠最興奮的，就是牠能長時間潛入海底，用不著浮上水面呼吸；牠能游泳，敏捷不亞於水中魚類。善於觀摩、體會，不久就能和鯊魚、海豚、鯨魚交談。

海上的日子，石猴覺得比在沙漠上、草原上有趣多了。

2

也不知道在海上漂蕩了多久，

也許幾個月吧！有一天，石猴子被吱吱喳喳的說話聲音吵醒，睜開眼睛一看，身邊、樹上、岩石上，擠滿了和牠模樣差不多的同類——只是有些猴子手臂比較長，有些頭比較大，有些紅眼框，有些黑眼框，有些毛色漆黑，有些毛色赤黃……形形狀狀，不一而足——大家都目不轉睛地注視著牠。

有一位年長的猴子，應該是這群猴子的領袖，就叫牠「李大猴」吧，終於鬆了一口氣，說道：「唉，醒過來了。」撫摸著石猴的額頭，說道：「你從哪裡來的呢？從海上漂過來，我們發現你，你已經在這裡昏睡七天七夜了。」

石猴靜靜地躺著，聽不懂李大猴說些什麼。眼睛東瞧瞧、西瞧瞧；耳朵南聽聽、北聆聆。慢慢地，牠琢磨出牠的同類的語言了。

石猴子想要坐起來，李大猴連忙按住，說道：「現在你身體虛弱。躺著好。」向著旁邊毛色和牠一樣雪白的母猴，就叫牠「李大媽」吧，說道：「先讓牠喝新鮮椰子汁吧！」

李大媽迅速爬上樹，輕鬆地摘下一棵椰子，往尖石上一敲，果漿就湧上來。李大媽慢慢地、輕輕地張開石猴的嘴巴，把椰子汁流進牠的喉嚨裡。石猴順從地配合。

有一位年輕高壯的猿猴，毛色棕黃，就叫「彭猿」吧，左手托著一盤水果，右手攀著樹藤，輕輕地飄過來，說道：「你一定餓了，吃這些馬上恢復元氣。」盤子裡堆滿五顏六色的熱帶水果。

喝完椰子汁，石猴很快地把盤中的水果吃個精光。抹抹嘴巴，拍拍肚子，石猴說道：「好痛快。出生後，這是我第一次喝飲料，

吃水果。」猴子們都睜大眼睛，一臉迷惘。

「謝謝大家，我叫石猴。」石猴子雙手握拳，向眾猴致意，說道：「對不起。我讓大家著急。其實，我一切都很好。真的很好。我可以七天七夜不睡覺，也可以一連睡個十天、八天。」

眾猴更迷惑了。

為了表明自己確實沒有生病，也沒有精神錯亂，石猴先抓起身邊的一根樹藤，左右擺盪，上下迴旋；接著一根樹藤換過另一根，飛速地，擺到椰子樹林中。東抓西採，頃刻之間，採到的椰子堆成小山。牠笑嘻嘻地坐在小山上。猿猴們興奮極了。森林裡大家分頭採集食物，很快地在牠們森林的廣場上堆滿各式各樣的漿果、堅果及其他美味可口的飲料和食物。牠們準備為石猴開一場盛大的歡迎晚會。

3

次日清晨，李大猴和李大媽就帶著石猴四處拜訪，也順便認識環境。穿梭來回在森林中，石猴大受歡迎，不到中午，後面便跟著一大串猴群，爭著要做牠的朋友。

遠處傳來隆隆的聲音，像極雷鳴。石猴問道：「怪獸的吼聲？」群猴都笑了，李大猴說：「那不是怪獸，那是瀑布。」

於是群猴便簇擁著石猴，朝瀑布走。

瀑布確實壯觀，河水從斷層往下傾瀉，撞擊岩石，激起極大音響，有若萬馬奔騰；濺起百丈水花，勝似飛泉銀練。瀑布四周，乃是熱帶密林：巨蟒、野獸出沒其中，野鴿、山鷹飛越其上，百花奇草點綴其間。

「這是我們猴族的聖地。」介紹勝景，李大猴極為虔誠，牠說：「裡面住有一位神仙。神仙保護森林，讓我們有喝不完的飲料，吃不完的水果；神仙照顧我們安全，免受蛇蟲傷害。」

「那麼瀑布之後，一定是神仙居住的仙洞。」神仙和仙洞引起了石猴的好奇，牠問道。

「那當然啦。」李大猴答。

「誰見過這位神仙呢？」石猴問。

「我的祖父的祖父。」李大猴很認真，牠說：「他親眼見到一位穿白袍的神仙，穿過瀑布，進到裡邊。」

「有這種事？」石猴有些疑惑，問道：「那我們能不能進去拜訪呢？」

「我們沒有一隻猴子曾經這麼做過。」李大媽嚴肅地說。

「我們也不曾這麼想過。」眾猴齊聲喊道。

「那麼總要有猴子做第一個的吧？」石猴自告奮勇。

「對，對，」眾猴高喊：「石猴，你就做第一個，做我們的大英雄！」

「萬萬不可。」李大猴厲聲警告，說道：「這不只汙瀆神仙，而且冒險。」接著向著眾猴問道：「除了神仙，誰能衝過那麼強勁的水勢？」

沉默了一下，交頭接耳了一番，眾猴大聲喊道：「對，對，大王說得對，不能冒險，我們不願意喪失一位新朋友。」

石猴離開猴群，走近瀑布，略微看了一下水勢，就縱身跳進去。「啊！」眾猴來不及阻止，驚訝得合不攏口。

穿過瀑布，果然有個山洞。到得裡面，一看，洞內布置有一些石製品：長短、大小、粗細、形狀各異。一件又一件仔細的端詳，石猴困惑的抓抓頭，參透不出其中的意義。牠尋找穿白袍的神仙，山洞裡並沒有其他生物。

從石塊、石板間跳上跳下，滿懷著疑問，石猴最後跳出山洞。

眾猴見到石猴全身而還，個個欣喜若狂，全聚攏過來。

「見到神仙了沒？」

「神仙歡迎你嗎？」

「仙洞裡是不是擺滿食物和飲料？」

……

「裡面確實有個山洞。」石猴說：「但不是仙洞。有一些奇形怪狀的石頭，但沒有白袍神仙。」

「真的這樣嗎？」有幾隻猴子深不以為然，說道：「我們也進去瞧瞧！」

「也許神仙外出訪友，或者山中採藥。」李大猴不愧為猴王，到底比別的猴子能深思熟慮，問道：「石猴，你認為呢？」

石猴摸摸頭，不曉得怎麼回答。

「各式各樣的怪石，也許就是神仙的家居用品。」李大媽加上判斷，說道：「祖宗一定不會看走眼的。」

「對，對，」眾猴喊道：「神仙一定外出採藥。」

李大猴、李大媽帶著猴群，對著瀑布一拜再拜。石猴站在中間，一臉茫然。

傍晚，石猴陪同李大猴、李大媽和牠們的獨生子「孟猴」到瀑布邊上來。

李大猴測了一下水勢，搖搖頭。石猴善解猴意，立刻反應過來，說道：「大王，要過去？我帶你。」

李大猴還是搖搖頭。石猴笑著說道：「你一定以為我只能獨個兒單身進罷？」說著，提起旁邊的大石，迅速地躍進又躍出，然後輕輕的把石塊放回原位。

「你把我們都抱進去吧！」李大媽說。

於是石猴依次把牠們送進洞中。

「這不是一般的石塊、石板。」李大媽一一指著，說道：「這是石桌，這是石椅，這是石碗，這是石床，這是石盤，這是石杯。」

到得洞內，李大猴四處觀察，非常仔細，最後說道：「走吧，我們，不宜打擾神仙太久。」

「神仙？神仙在哪兒？」孟猴滿腹疑惑，問道。

「仙洞雖然刻意保持天然，顯然精心整理過。」李大猴說道：「注意到沒有？石床、石桌、石椅……都是一塵不染，毫無水氣。顯然神仙並未遠離，隨時回來。」

牠們同時看到一隻貓，黑白相間，靠著牆壁，目光炯炯，凝視著牠們。李大猴說：「這一定是仙貓。神仙養的。山貓毛色沒那麼亮麗。」

石猴慢慢靠近，想撫摸一下；就差了那麼一點點，仙貓衝向瀑布；石猴伸手抓，來不及了。石猴發現，石椅突然多了一張；心裡疑雲大起。

不久，牠們都離開了山洞。

4

在森林裡，經常和石猴結伴而遊的，有三隻猴子：毛色雪白，手臂甚長的孟猴；高大粗壯，毛色棕黃的彭猿；還有只有巴掌大，全身赤紅的「袁紅」。袁紅老愛站在石猴肩膀上，表示牠和石猴關係不凡。

四隻猴子走到一棵樹下，從下往上看，這棵樹高到好像頂到了天。孟猴善於爬樹，公認森林裡第一高手。「石猴，」孟猴向石猴挑戰，說道：「看誰先攀上樹頂。」

「行，」石猴對著彭猿，說道：「你發個令吧！」袁紅不想加重石猴的負擔，想跳下來，石猴抓住牠，說：「不要緊。」

彭猿一下令，開始，孟猴已經攀上樹，沒兩下，就不見蹤影。石猴也不差，在樹枝間跳躍了幾次，也不見了。

當孟猴從濃密的樹葉叢中伸出頭，牠看到石猴和袁紅正在牠頭上的一根樹枝上盪鞦韆。袁紅緊抱著石猴的脖子。孟猴發現牠們尚未攀到高點，立刻搶先，在樹頂上，牠高喊：「我贏了。」

牠們一起溜下樹。彭猿好奇地看著牠們，不知道誰贏誰輸。

孟猴苦笑地說道：「輸了。我甘拜下風。」

袁紅說：「不對。孟猴贏了。孟猴比我們先攀上樹頂。」

走啊走，四隻猴子到了大河邊。天氣悶熱，大家都汗水淋漓。「到河裡游泳吧，」石猴邀請，說道：「那一定很舒服。」

其他三隻猴子齊聲反對。坐在石猴肩膀上的袁紅，不住地搖石猴的脖子。孟猴說道：「這兒是森林最凶險的地方。從小我們就被禁止在這兒玩水。」

彭猿補充了一句，說道：「這裡有全世界最凶惡的鱷魚。」

「我什麼都沒看到。」石猴說。

「到了水面上，你就會發現。」孟猴說：「從來沒有一隻動物能從這岸安全到達對岸。」

「是嗎？」鬥志被激發，石猴翻身一躍跳到河中央。袁紅趕緊從牠肩膀跳開。

不到幾秒鐘，從四面八方湧來幾十隻鱷魚，游向石猴。情況異常危急。孟猴、彭猿拼命地撿取地上的石塊，用力往河裡丟。石塊有些投到水裡，有些擲中鱷魚。被擊中的鱷魚似乎一點都不在乎。牠們繼續朝午後的小點心前進。

鱷魚群靠近了，撲向石猴。石猴立刻從水裡跳上來，站在其中一隻鱷魚的背上；然後不慌不忙地從一隻又跳到另一隻背上。在鱷魚群中，翻跟斗，玩特技……跑、跳、抓、翻。鱷魚群被激怒了，陣形亂掉了，攻擊全撲了空，彼此撞在一塊兒。

鱷魚群似乎一個個地都累了。石猴躺在其中一隻鱷魚的背上，假裝睡著。忽然，有一隻鱷魚張開大嘴向牠襲來。石猴不躲不避，直接跳進鱷魚的口中，用雙手雙腳撐開布滿利齒的大嘴巴，一直到牠似乎聽到鱷魚喊痛才停下來。

岸上的三隻猴子，看得發呆了。驚訝中，石猴已經跳回到牠們身邊。袁紅緊緊地摟著石猴的脖子，又親又吻。

森林上空，烏雲密布，預示午後雷陣雨就要降臨。四隻猴子剛跑到濃蔭樹下，雷電交作，暴雨就傾盆而下。熱帶暴雨來得快，去得也快，不久就雨過天晴。

嘶嘶聲不斷傳過來，石猴耳朵極靈，分辨出那是蟒蛇痛楚的喊聲。「救蛇，快！」石猴衝向聲源。其他三隻猴子不明所以，但是也極快地跟過去。

原來，大雨中，泥石鬆動，滾落的大石壓住了一條巨蟒。大蛇吐出長長的舌頭，用力掙扎。石猴正要推開大石，袁紅趕緊跑過來，拉住牠的手，

「慢一點，」袁紅滿臉恐懼，說道：「你知道，為什麼我族那麼稀疏飄零嗎？蟒蛇哪，父親、母親、我的一些姑姑、嬸嬸都是被蟒蛇吞吃掉的。」

「救命第一，」彭猿說道：「有什麼恩仇情感，等一會兒再計較吧。」舉起大石，用力一擲，巨石轟然落入谷底。彭猿不愧為森林第一大力士。

石猴馬上握住受傷的蛇身，不輕不重、不疾不徐地按摩，說道：「還好只有皮肉之傷，沒傷到骨頭。」

蟒蛇經過按摩，身子逐漸恢復過來，眼睛似乎露出感謝之意，慢慢地滑走了。

這時袁紅似乎驚魂未定，彭猿對著牠說道：「我一個未成年弟弟也是被蟒蛇吃掉的。」

走啊走，四隻猴子走到一條小徑上，抬頭一看：一棵枯木，合抱那麼粗。孟猴說道：「很早就想為石猴蓋木屋。這棵樹的枝幹粗細適中，正好做這個用途。」

「不，」石猴說道：「我要樹幹，不要枝幹。」

「石猴，」彭猿知道石猴力氣甚大，但是還是想和牠較量一下，指著枯木，問道：「你能把這棵樹拔上來嗎？」

石猴說道：「那你先試試看。」

彭猿抱起枯木，左右搖晃，喊一聲，「著！」枯木連根應聲拔起。彭猿氣不促，喘不急。

三隻猴子大力鼓掌。四隻猴子合力把枝葉除掉，樹皮剝掉，剩下直條條的樹幹。

石猴拿尖石用力在樹幹上深深刻了一道圈圈，一按，樹幹從中斷成兩截。前段較細，由孟猴、彭猿合力抬在肩上；後段，粗的那一段，石猴雙手托著。

「啊哈，」讚嘆了一聲，彭猿說道：「真是神力哪！」

5

石猴自已製作各有用途的石刀。

牠用石刀把樹幹切割成長短不等、粗細不一的木片和木棒。猴群幫忙磨平。結樑又搭架，眾猴忙上又忙下，不到一會兒的功夫，木屋就完工了。

石猴終於有了自已的木屋。比起其他猴子的，那算是豪宅了。石猴朋友多，所以房子建得大；為了避雨，蓋有屋頂。其他猴子的，大都蓋在濃蔭樹下。

石猴習慣坐著睡。牠找到一片光滑的石板，用做坐墊。坐、睡其中，覺得幸福就在上面。

定居森林，轉眼快一年了，石猴不僅牠的族類——猴族個個喜歡牠、崇拜牠，森林裡的飛禽走獸也大都做了牠的好朋友。日子過得愜意極了。

唯一讓牠遺憾的，就是那隻貓，在仙洞見到的那隻，李大猴說的仙貓，一直不理牠。石猴覺得被窺視。走近牠，牠避開；不理牠，牠又靠近。

今早石猴和兩隻老虎玩摔角，一對二，老虎一直不認輸，終於都累垮了。午後和三隻花豹在陡峭的岩石間，捉迷藏，玩瘋了。傍晚，歸途中，石猴得意地坐在一隻花豹上，另外兩隻後面跟著。

遠遠地，石猴發現那隻對牠冷漠的貓，居然泰然自若地蹲在牠坐睡都在其上的石板上。「太放肆了！」喊了一聲，石猴從花豹背上縱起，身子像箭一樣，射向木屋。

看看快被碰觸上了，貓才從容跳開。這使得石猴更生氣，森林裡怎麼能有動物比牠動作更敏捷的。激起了鬥志，石猴緊跟在貓之後，忽上忽下，忽左忽右，石猴就是抓不到。貓最後躍向瀑布，石猴略為猶豫，也衝過去。

這時候，森林已經沉浸在暮色中，而星星正陸陸續續從天空露出。

進到山洞，貓不見了，石猴看見了牠不曾見過的「猴子」：頂上、臉上光禿禿的，白淨淨的，見不到一根毛髮；身上披著一件灰布，不曉得裡頭長毛沒；赤著腳，一眼就看出腳上沒毛——頭陀，那是人類哪。

石桌上，石杯盛滿著水，放著一盞明亮的燈。頭陀端坐在石凳上，示意石猴坐在對面。

「神仙，」石猴頃刻領悟過來，說道：「你一定是我們猴族日夜崇拜的神仙。」

「哈，哈，哈，」這位被叫作神仙的大笑，說道：「我不是神仙，我是頭陀。」

石猴聽不懂，雙手搓著雙耳。

「我是被佛祖除名的學生。」

石猴更糊塗了。

「不要緊，不要緊，以後慢慢講給你聽。」頭陀問道：「你自認是森林裡最神氣的動物嗎？」

「不，不，」石猴反應靈敏，說道：「你那隻貓比我厲害。」

「哈，哈，哈，」頭陀又大笑，說道：「不算，不算，你確實是森林最出眾的動物。」

石猴不說話。頭陀說道：「這處森林只是世界極小極小的部分，在這裡做王稱霸，談不上什麼光采。」

石猴不回話。頭陀繼續說道：「除了這處森林，世界上到處有森林。你沒見過的飛禽走獸，還多得很。」喝了一口水，又說：「有一種動物叫作人類，他們不住在森林，而是聚集在市街上，生活在平原上，目空一切，自稱萬物之靈。」

頭陀雙目凝視著石猴。石猴還是沉默不語。

頭陀說道：「在這處森林，跑第一，飛第一，算什麼。你不想和人類一競長短嗎？」這個頭陀確實是個壞和尚，他不壓制石猴的慾望，相反的，他在擴張牠的野心。

可憐這隻純潔的猴子，雄心壯志被激動了。牠說：「那我有什麼辦法呢？」

「離開森林，到人類的世界。」頭陀說。

石猴日後回想往事，這一天牠一定覺得是牠災難的開始。

6

隔天清晨，石猴如約到山洞來。

「要進入人類的世界，和他們稱兄道弟，你得懂他們的語言。」頭陀說。

「自然。」石猴說：「你不懂飛禽走獸的語言，就無從和牠們做朋友。」

「這一點我羨慕你。」頭陀說：「有一天，你教教我吧！」

「我還懂得山蜂、土蟻的語言。」石猴最愛表現。

「哦？」頭陀問。

「土蟻用氣味，牠們把不同的氣味塗在地面上，不同的氣味表達不同的指示。山蜂呢，山蜂在空中跳舞，不同的舞步釋出不同的意義。」

頭陀讚歎道：「你真是觀察入微啊！」

「學習人類的語言，我已經等不及了。」石猴說。

「人類的語言不下一千種。民族不同，語言也跟著不同。甚至同一個民族，只因地域不同，語言也各異。」頭陀說道：「我教你中文吧！」

「中文最容易學習嗎？」石猴問。

「我不知道。」頭陀說：「中文是人類最流行的語言。甚至天國和地國的正式文書都使用中文。」

「除了這個世界，還有天國和地國？」石猴說：「在哪裡？我也要到那邊見識見識。」

石猴的野心無止境了。

頭陀取出一本書，《孔夫子語錄》，說道：「這本書全中國人都在讀。就從這本書開始，認識漢字，也學習做人做事的道理。」

石猴說道：「孔夫子是神仙嗎？」

「他不是神仙。」頭陀說。

「我不學。」石猴有自己的主張，說道：「我要學神仙之道。」

「孔夫子的肉體雖然腐朽多年，但是比起神仙，他更偉大啊。」頭陀很有耐心，說道：「他留下來的教訓，一代傳過一代，永垂不朽呢。」

石猴不懂。

「你放心，我只教你識字，」頭陀說道：「我不教你道理。孔夫子的道理我也體會不深。」

頭陀用手指在牆壁上工工整整地刻了幾個字，「人無信不立」。

頭陀的手指功夫，讓石猴大為佩服。取得了石猴的信任，頭陀說道：「今天只學這五個字。」

「人？什麼叫人？」頭陀說道：「人就是人類，我是人。」指著石猴，說道：「你，你是猴子。」

石猴點點頭。

「無呢？無就是沒有。信呢？信，就是信用。」

石猴若有所悟，頭點得更深。

「不，就是不能；立，就是站著的意思。整句話就是說：人要是沒有信用，這個人就站不起來。」石猴覺得有點不妥，說：「奇怪，人沒有信用，怎麼就站不起來了？」頭陀難以為情，

笑著說：「你只要識字就行，不要管道理對不對。」

「這句話能不能這樣講？」石猴說：「人要是沒有信用，他就不配做人。」

「對，對，」頭陀說：「就是這個意思，猴子如果沒有信用，牠就不配叫猴子。」

7

由於渴望早日到人類的世界探險，石猴異常勤勉，或者大清早，或者大深夜，視頭陀的方便而定，牠每天都到山洞來。不久，石壁上刻滿了孔夫子的語錄，而牠聰明過人，石壁上的字，全認識了。

「人無信不立」，有一天，石猴有了自己的領悟，牠對頭陀說：「信，說成信用，道理不夠豐富。我以為理解成原則，更符合孔夫子的思想。」牠繼續說：「人無信不立，就是說人要是沒有原則，這個人要怎樣做人呢！」

「我只教你識字，」頭陀粗魯地回答道：「我不教你道理。」

可惜，頭陀對思想活動毫無興趣，不然，石猴未來成為哲學家也說不定呢。

整個石壁上，寫滿了孔夫子語錄，頭陀環視了一遍，極為得意，躺在石床上，對石猴說：「足夠了，認識這些字足夠你到人類世界去探險。」

石猴料不到漢字學習就這樣結束，一時沒有回應頭陀的話。

「當然你不認識的字還很多，」頭陀說：「以後現學現用吧！」

石猴有些話難以啟齒。

「還有什麼問題嗎？」頭陀似乎想擺脫這個學生，說道：「去，去，去人類的世界。」

「沒有問題。」石猴重複說：「我沒有問題，但是我有一個要求。」

從石床上坐起來，頭陀驚訝的問道：「有什麼要求，儘管說吧。不是要我寫介紹信吧？」

「老師沒有把真正的本領教我。」冒出這句話，石猴自己也覺得意外。
「我有什麼本領呢？」頭陀問道：「你有興趣念經誦佛嗎？」
「我不念經誦佛。」石猴說：「我也沒見過老師念經誦佛。」
「駕御飛禽走獸？」頭陀顯然在敷衍。
「那是我的本事。」石猴說。
「那我還有什麼本事，你不會的？」頭陀問。
「老師自己說說吧。」石猴蠻賴皮的。
「還是你自己說。」頭陀摸不清石猴的意圖，說道：「你不是普通猴子，我知道，你甚至比人類還聰明。」
「教我變化成貓，變化成石頭的本領。」石猴終於說出牠的願望。
「你怎麼知道我能變化成貓，變化成石頭？」頭陀問道。
「第二次進到山洞，我見到一隻貓，我抓牠，牠從我手邊溜過；貓不見了，石椅多了一張。」石猴繼續說道：「森林裡不可能有一隻動物跑贏我，那隻貓不是老師的化身，那又是誰的呢？」
「哈，哈，哈，」頭陀大笑，說道：「那是我的絕技，居然被你發現。好吧，讓我想想。下一個月再來見我吧。」

石猴不浪費時間，隔天一早就到山洞。

「真沒耐心。」頭陀說：「沒有耐心，就無從學習化身之道。」

「這不叫沒耐心，而是叫有決心。」石猴答道。

「你能靜坐十天、二十天，甚至一個月、兩個月嗎？」

「能！」

「靜坐期間，不吃、不喝、不醒、不睡？」

「行！」

「蛇蟲干擾？」

「毫無感覺。」

「風雨搖撼？」

「不動如山。」

「烈火焚身？」

「那我就沒有把握了。」

「能教，能教。」頭陀非常滿意。

「冥思是一種能力，」馬上授課，頭陀嚴肅說道：「冥思是意志集中，思想專精的能力。」

石猴會心點頭。

「冥思達到了一定境界，自然能駕雲而飛，御電而行，化身萬物。」

石猴高興得直起身子，拍起雙手。

頭陀明白石猴完全領會他的啟示，也很愉快。

「明天開始，」頭陀說道：「石洞就給你，作為冥思的地方。」

「老師要到哪裡去呢？」

「我處處可去。」頭陀微笑地回答。

「冥思，」石猴說道：「安靜的地方是最糟糕的地方。」

這次輪到頭陀點頭了。

「我不在石洞裡冥思，」石猴說：「我要在鬧市。」

「那就隨你啦。」頭陀明白，在鬧市中冥思，境界遠高於孤室中。

冥思的地點，石猴選擇在森林的廣場上。在那裡，牠知道猿來猴往，不管白天，黑夜，都熱鬧異常。

選擇在鬧市冥思，的確是不錯的主意。可是有石猴料想不到的：在牠冥思期間，廣場竟被封鎖；為了讓石猴有個安靜，不被干擾的冥思環境，李大猴命令群猴遠離廣場；並且組織巡邏隊，日夜看守；不許森林裡的生物隨意闖入。李大猴知道，石猴的朋友太多，各類飛禽走獸都有；關懷會成為負擔。

冥思大都閉起眼睛，但是石猴不一樣，牠雙眼睜得大大的。石猴很快就進入冥思狀態：內心世界是了無牽掛，外在世界是空無一物。

雖然沒有飛禽走獸的干擾，但是石猴還是免不了風吹雨打，日曬雨淋，蚊吸蚋吮，蟲咬蟻刺。冥思中，石猴渾然不覺，靜坐在廣場上，就像千金鑄成的雕像。石猴表現了非凡的意志和毅力。

七七四十九天，石猴從冥思中走進大千世界。牠不勝訝異，廣場上竟是靜悄悄的，空無一猴。

8

石猴通過第一次冥思考驗，

頭陀不勝喜悅。也許是四十九天沒有講話對象，頭陀今天顯得話多。

「有一次，佛祖在菩提樹下講道，講得天花亂墜，但是我卻對著前面的一塊石頭進入冥思狀態。道講完了，人眾都散開了，我渾身不覺，仍在冥思中。

「佛祖手執菩提樹枝，敲了一下，我才清醒過來。

「佛祖說，他以為他敲的是一塊石頭，沒想到敲到我的頭。

「佛祖問我，學習冥思有多久了？我說差兩年就三十年了。佛祖點頭微笑，滿臉慈祥。

「我進入冥思的高階了。太興奮了，竟然忘記告辭，就離別佛祖。

「我急於找一處與世隔絕的地方，進修我剛悟出的功夫。這裡山清水秀，於是在瀑布後面，我鑿了一個山洞。就是這個石洞，我取名水濂洞；一住超過三十年了。」

石猴聽得入神，好奇地問道：「以後呢？」

頭陀沒有回應，顯然陷入沉思中，石猴不放棄，問道：「現在老師的功力應當遠勝當年？」

「水濂洞，」頭陀說道：「我住在水濂洞超過三十年了，除了這些，我製作的石桌，石椅，石杯，石壺之外，我不能化身其他任何東西。」

石猴問道：「你不是能化身貓嗎？」

「不錯，不錯，我能化身貓。」頭陀說。

「你能化身貓，就能化身狗，化身猴子，化身獅子、老虎呀！」

「試過了。除了我那隻貓，我甚至不能化身另一隻。」頭陀非常沮喪。

「哦？」石猴異常訝異，問道：「黑貓？白貓？」

頭陀搖搖頭。這些問題顯然深深刺痛了他。

石猴又問：「化身那隻貓，你怎麼做到的？」頭陀還是搖搖頭。

「那麼告訴我，」石猴繼續追問下去：「這隻貓的來歷，可以嗎？」

「離開佛祖，有一天，夜宿在一棵大樹下，清晨醒來，看到一群野狗在搶食獵物，血淋淋的一片。

「跑過去，驅散了野狗。一看，母貓被撕開，一窩剛生下的小貓，只剩下一隻。

「死掉母貓的小貓能活下去嗎？於是抱著小貓，就在這個石洞，我把牠養大了。」

「最近怎麼我沒再見到牠呢？」石猴問。

「死掉了，」頭陀悲傷地說：「死掉二十年了，活著的時候，我們朝夕相處，我到哪兒，牠跟到那兒；我休息，牠睡覺。死後，我日夜思念。」

「貓能活十五年，算長壽了。」突然頭陀露出得意的微笑，說道：「其實牠沒有死，牠已經和我合而為一，我隨時……」

話沒講完，頭陀不見了，一隻亮麗的貓出現在眼前。

貓伸一下懶腰，輕快的在石洞中上下跳躍，然後跳出瀑布。不一會兒，跳進來的是一位頭陀。

石猴極聰明，馬上領會。說道：「你能化身

石桌，石椅，這些你製作過的東西；你能化身貓，你養大的那一隻。」問道：「你看出其中的緣分嗎？」

「一語驚醒夢中人。」頭陀並不笨，說道：「我關注，我付出心血，我自然和牠們的心靈合而為一。」

「天賦異稟。」頭陀不由得讚歎，說道：「假以時日，你不難青出於藍哪。」

於是頭陀為石猴規劃，說道：「通過了七七四十九天的考驗，下一次是九九八十一天；再下一次就是春夏秋冬四季，一年三百六十天；都通過了，冥思功夫就有了基礎。」

石猴沒有仔細聽頭陀最後說了些什麼。牠心裡一直反覆琢磨剛才頭陀的自白，和與頭陀之間極有意義的對話。

9

冥思，對其他初學者，是極難進入的精神狀態。

但是對石猴，似乎輕而易舉，牠隨時隨地能進入冥思狀態，不管躺著、走著、坐著、站著。牠不需要經過苦修過程。

告辭頭陀，離開水濂洞，石猴一路上都在思索頭陀說過的每一句話。石猴若有所悟：物分兩種，生命的，無生命的；但都有靈氣。只要和物之間有親密的靈氣交流，你便能化身那個「物」；不一定和物有生、養關係。

一有領悟，毫不拖延，石猴找到偏僻的河岸沙地，月光之下，進行體驗。前面有一塊大石，就從這塊石頭開始吧。石猴坐下來凝視，目不轉睛，想像自己就是那塊大石：枯水期，暴露在河床中，忍受日曬風吹；大水期，沉沒在河底，和魚蝦龜鱉為友；看盡河岸春夏秋冬的變化……

一廂情願嗎？大石文風不動，而石猴依然故我；兩者並無交會。一整夜意志集中、思想專精，石猴一點都不鬆懈。晨曦初露，石猴的體驗毫無進展。誤會老師的經驗，還是體驗不深刻，或者兩者都有；石猴認為有必要和老師討論。討論之前，再試一次吧。

寧靜一下情緒，意志慢慢集中，思想開始專注，石猴進入冥思狀態。啊，牠的心正接觸到大石的……冥思中，已經分不清自己是大石，還是猴子。

彭猿正巧路過，看見兩塊大石一模一樣，難得，一手托一個，牠要帶回做裝飾品。突然其中一塊石頭，變回猴子——啊，很久沒見面的石猴哪！彭猿高興得把牠舉在頭頂上。

石猴非常高興。牠發現了祕訣——忘我：如果不能忘我，你和物之間的距離永遠縮短不了。

石猴繼續練功。彭猿留在沙灘作陪。

石猴化身又直又高的椰子樹；樹上果實纍纍。沙灘上突然冒出一棵椰子樹，最先引起野鴿群注意。野鴿群圍著椰子樹打轉。地面上的動物從未見過這麼多的飛鳥盤旋空中，吱吱喳喳，也趕過來湊熱鬧。

教導石猴，讓頭陀頗有成就感。他深深體會什麼叫作教學相長。他決心把他一生的學習心得和苦修經驗傾囊相授。

每日清晨，頭陀都要打坐，進入暫時的冥思狀態。今天頗不寧靜，無法進入狀況。哦，對了，他渴望見到石猴。他跳出瀑布。他要在水濂洞外等候。

頭陀的耳朵極靈，他聽到遠處有喧譁聲；循著聲源走，隱身在密林上，往下一望，哦，石猴在河邊的沙地上，四周圍著猴子和森林裡的飛禽走獸。

「變一條鱷魚。」

「變一棵無花果。」

「變一頭花豹。」

「變蟒蛇，可以嗎？」

「我愛吃荔枝。」

…………

應動物的要求，石猴一一照做。整個沙灘，大家都瘋狂了。石猴化身荔枝樹；袁紅看看失望的問道：「怎麼沒長出荔枝果？」

石猴說：「季節不對呀。」

突然石猴化身老鷹，鴿子和其他小型鳥類一時驚慌莫名，四處亂竄；石猴停止了惡作劇，牠們才安靜下來。

「水濂洞的那位神仙，」李大猴說：「我們猴族的保護神，可惜無緣相見。」

石猴二話不說，搖身一變，一位光頭赤腳，身披灰色布衣的頭陀，出現在大眾面前。猴群匍匐在地，不敢仰視。這個石猴化身的頭陀喃喃自語，說道：「錯了，錯了，我太急躁了。多留三十年，能多聽聽佛祖教誨，有多好呀！」

隱身密林中的頭陀，大為吃驚，說道：「這隻猴子居然知道我的心事，知道我懊惱。」

「變身天神吧。」李大媽要求道：「逢年過節，敬神拜鬼，可是我們從未見過一位。」

「李大媽，我變不出來呢。」石猴答道：「我沒見過神，也未見過鬼，我不曉得他們長相如何。」

石猴又說：「李大媽，我答應你，日後，見過玉皇大帝，一定變給你看。」

密林中的頭陀，這次嚇呆了。他明白，這隻猴子說到做到。粗心、任性造成的錯誤，讓他闖了禍，闖了天大的禍。

石猴興沖沖地躍進水濂洞；牠要頭陀分享，一天來的體驗。頭陀不在。石桌上留下一行字，深達一寸：

石猴：我走了，水濂洞是你的了。

頭陀

頭陀不是名字，石猴並不知道。石猴很久以後才弄清楚，所有不在寺廟修行，而在外面流浪的和尚，都叫頭陀。

10

石猴住進水濂洞。牠邀請孟猴、彭猿、袁紅同住。因為父親生病，孟猴沒有來。

石洞堆滿各類果實和飲料。那是彭猿認真採集來的。幾個石罐裝滿蜂蜜，那是袁紅從蜂窩裡偷竊來的。石猴勤於練功，招待朋友的工作，便落在彭猿身上。彭猿總是能讓來客滿意：善講笑話，除了吃、喝之外，還能讓客人帶回一點點禮物；對蟒蛇虎豹等肉食來客，彭猿就感到抱歉了，但是牠們都體貼地表示，吃過才來的。水濂洞每天門庭若市。

石猴並沒有疏於功課：定時冥思，勤於化身之道。化身，對熟悉的物和生物，牠能立刻做到；不熟悉的，牠毫無辦法。因此石猴必須繼續去體會那些陌生的物類。

跳躍是石猴最愛的運動。每一次都能比上一次跳得更高。有一次，牠跳上一朵厚厚的雲塊，興奮極了。牠從一朵雲塊跳上另一朵，又從這一朵跳上另一朵。在雲端上遊戲，其樂無窮！

這一天早上，石猴跳上疾馳的雲團。雲團飛得頗快，跳上之後，牠無法控制；不知道過了多久，雲團才慢慢停下來。

石猴有麻煩了，怎麼回去？等一朵飛行方向相反的雲團，這怎麼可能呢？不是嗎？

有一朵雲團從地平線上飛過來，雲速極快，最初只有針孔大，一眨眼就到跟前。太神奇了吧！雲端上站著一位魁梧的壯士，手執著大扑刀。不一會兒，又消失得無影無蹤。

瞧著遠去的雲團，石猴馬上明白，雲團也能駕馭！

一試再試，由於不得要領，雲團只在原地打轉，這朵雲團變稀薄，牠換另一朵。牠繼續試，雲團還是原地打轉。不知道試了多少遍，換了多少朵雲塊，石猴毫無進展。

那位雄糾糾、氣昂昂的牛頭人身壯士，就是大名鼎鼎的牛魔王。石猴是井底之蛙，只在瀑布森林一帶活動，當然不認識。已是黃昏時分，歸途中，牛魔王看見一隻小猴子在雲團裡打轉，好奇地靠近過來。

「小猴子，姿勢不對呀！」牛魔王說：「划船過沒？」

「哦？」石猴若有所悟。

「騰雲駕霧像極水上划舟。」牛魔王說：「當然技巧要更精準，意志要更集中。」

石猴點點頭。牛魔王說：「再試試！」

能操控雲團的走向了，但是雲速不快，石猴說道：「如何加快雲速，你也一併教我吧！」

「你幾歲了，不到二十歲吧？小猴子。」牛魔王問。

「四歲！」石猴答。

「什麼，四歲就能筋斗雲，了不起啊，了不起啊！」牛魔王說：「騰雲駕霧要達到我的程度，非千年修行不可。資質再好，七、八百年總要吧！」

「有那麼難嗎！」石猴不服氣。

「你學過冥思沒有？」不等石猴回答，牛魔王說道：「我老婆等我回家吃晚飯。改天再聊吧。」說罷，牛魔王差不多已到了天邊。

提起冥思，石猴立刻記起頭陀說過的一句話，冥思達到一定的境界，能「駕雲而飛，御電而行，化身萬物。」

站在雲端上的石猴，開始冥思，果然意念一啟動，雲團就如自己的手腳一般，可以駕馭自如。不一會兒，牠回到水濂洞。

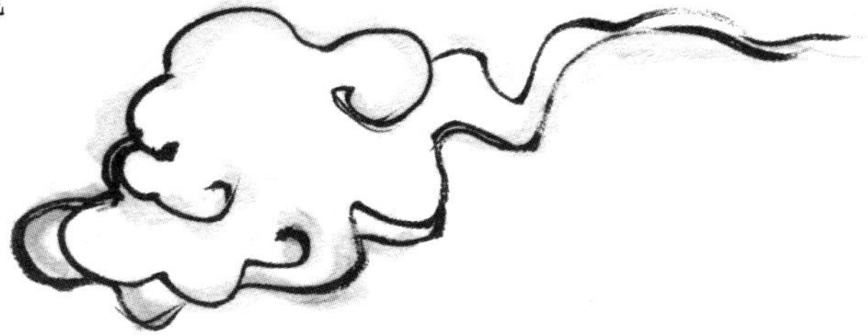

11

本領變大，活動範圍變廣，

石猴的視野自然不同於往昔。石猴不在水濂洞的時間愈來愈長。一整天，好幾天，石猴毫無目的地在外漫游，渴望認識水濂洞以外的世界。

在另一處森林，有一猿族，毛色漆黑；粗壯高大，有若彭猿。石猴很快和牠們打成一片。

在一處海域，有一大群海豚，個個健康、活潑。石猴和牠們一起追波逐浪，其樂也融融。

在沙漠，石猴化身毒蛇、辣蠍，和牠們結交；在草原，石猴化身羚羊、野馬和牠們稱兄道弟。

五湖四海，石猴都有了好朋友。這些朋友單純、誠實而且熱心，但是本領有限。石猴渴望結識異能之士，向他們較技，也向他們求教。頭陀是人類；異能之士是不是只能從人類中尋找？石猴曾經想化身人類，去接近人類，但是失敗了。人類的心思比較複雜，沒那麼容易溝通。

石猴似乎聽到來自遠處的呼喚，頭陀的，「在森林裡做王稱霸算什麼，到人類的世界去！」

石猴翻一個觔斗，站上雲端，四面瞧瞧，並沒有頭陀的影子。牠知道，牠急於想認識人類。牠覺得好笑。

石猴遠遠地見到牛魔王，這次他帶了女伴，一瞬間就走到跟前。石猴連忙過去問候，說道：「好久不見了，一向都好吧？」

牛魔王說：「小猴子，我趕時間，沒空和你講話。」

石猴緊跟在旁邊，說道：「邊走，邊談嘛。」

「喔，喔，士別三日，當刮目相看。」牛魔王嘖嘖稱奇，石猴居然和他並肩齊驅，說道：「一路走吧！」

「你見多識廣。」石猴說：「我想到人類世界，和他們打交道，做朋友。想聽聽你的意見。」

「免了吧！」牛魔王搖搖頭，說道：「最好一輩子都不要和他們有瓜葛。」

「哦，為什麼？」石猴問。

「人類是動物裡頭最壞的品種。」牛魔王答。

「真的嗎？」石猴很訝異，問。

「欺騙，狡詐，貪婪，殘忍……」牛魔王還未說完，旁邊的女伴便問道：「我也這樣嗎？」

牛魔王這才留意到，身旁的女伴就是人類，連忙說道：「不，不，當然妳例外，妳姐姐也例外。」對著石猴說道：「我忘了自我介紹，我，牛魔王，這是我老婆，鐵扇公主。」

石猴握緊雙拳，向鐵扇公主致敬。

「待會兒，你會認識一大夥人類。」鐵扇公主說。

到了蒙古大草原，牛魔王、鐵扇公主和石猴緩緩地從空中飄下。金扇公主全副戎裝，騰空迎接，旁邊有兩位女隨扈。

金扇公主的大蒙古包，幕頂上漆著金色，從空中看，在眾多灰色的蒙古包中，尤其顯眼。客人被迎進寬敞的帳帷中。

指著旁邊肅立著的兩個黑人，金扇公主對著鐵扇公主說：「兩位就是妳要的。只可惜舌頭被割掉，不能講話。但是聽話不成問題。」

兩個黑人又高又壯，穿著短褲，赤裸著上身，微笑地點頭。牛魔王用拳頭敲打他們的肩膀、胸膛、腹肌，豎起大拇指，說道：「我們要的是聽話的人，不是講話的人。」

怕被外人誤會，金扇公主對著石猴笑著說道：「到這兒的時候，他們已經是啞巴了。」兩個黑人再次微笑地點頭。

第一次看到這麼多人類，石猴又興奮又好奇。

招待客人簡單的茶點，互相關懷一番，金扇公主說：「最近投奔來的人多，事情忙。妹夫，你們就隨意逛逛。今天走，或明天走，隨你們。」

「過一會兒就走。帶兩位黑人朋友走。」牛魔王說：「妳就忙妳的，不要掛心我們。」

快步走出帷幕，工作投入，金扇公主是一刻都不能閒著的人。

鐵扇公主留在帷幕裡。她和兩位黑人面談。雖然黑人只能用點頭和搖頭回答，但是鐵扇公主善解

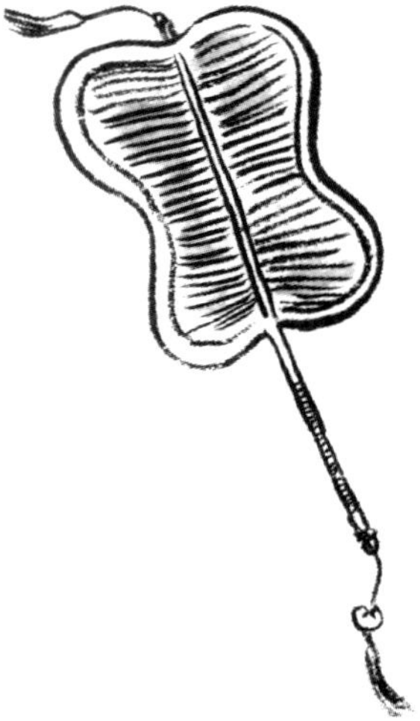

人意；因此，他們交談愉快，溝通無阻。

牛魔王和石猴並肩步出大蒙古包。抬頭一看，頭上的天空，萬里無雲；眼前的草原，無邊無際。好天氣讓人神清氣爽！

走著，走著，他們不時遇到三個一堆，五個一塊的人群。有白皮膚的，有黑皮膚的，有黃皮膚的，有少數紅皮膚的。有青年人，有中年人，有幾位老年人。男女都有。高、矮、胖、瘦都有。

石猴滿臉迷惑，這些人幹什麼的，有什麼能力；看起來，都無所事事，毫無本領的樣子。

「這些人是來應徵參加志願軍的。」牛魔王解釋，說道：「這些人是響應金扇公主的號召，從世界各地來從軍的。」

「金扇公主肯定有極偉大的事業，這些人才肯不憚辛苦，長途跋涉而來。」

「那的確是偉大的事業。」牛魔王答道：「金扇公主決心保護大自然，免於人類破壞和毀滅。」

「那麼人類是有兩種啦，一種是要毀滅大自然的，另一種是要保護大自然的。」

「不錯，不錯！要毀滅大自然的是壞人，要保護大自然的是好人。」

「好人多，還是壞人多？」

「壞人和好人都不多。盲從的人多。」牛魔王說：「盲從的總愛跟壞人走。」

遠處傳來陣陣的吶喊聲。石猴好奇，問道：「這是什麼怪聲呀！」

「哈，哈，哈，」牛魔王笑著答道：「那是志願軍操練的吶喊聲。」

「我們過去瞧瞧！」石猴說。

「不值得看，不值得看！」牛魔王說：「改天看我的萬牛比武；那才壯觀！」

終於發覺叫朋友「小猴子」不妥當，牛魔王謹慎地問：「你到底有沒有姓名，如何稱呼才對？」

石猴答道：「就叫我石猴。」

「石猴，好姓名！」鐵扇公主感覺牛魔王開始器重牠，於是熱情的邀請，說道：「今晚，到我們家一宿，洗個泥漿溫泉浴，怎樣？」

「泥漿溫泉浴？聽起來很棒。」石猴答道：「但是恐怕這次不行。今夜月色美，我要去採掘人蔘。」

「不過，我可以先送你們回家。」石猴說。

「我和鐵扇公主同搭一朵雲。」牛魔王有意估量石猴的能耐，說道：「這兩位黑人朋友，就麻煩搭你的。」

「行！」石猴欣然允諾。

不需要等待天上的雲塊，石猴運氣成雲，自己搭上去，也把兩位黑人朋友拉上去。

牛魔王大大地驚訝：首次見到石猴的時候，根本不懂怎樣駕馭，牠把雲塊弄得團團轉；第二次，牠竟然能和他並肩齊驅；這一次，牠不但能載人，而且舉重若輕。這樣的功夫，他可是練了一百年呢！思索間，石猴已經到了半空。牛魔王也運氣成雲，拉上鐵扇公主，連忙趕過去。

牛魔王住在西域天山山底下的大草原。牛魔王一夥從蒙古大草原到天山大草原，約莫費了一個時辰。送牛魔王、鐵扇公主到家，石猴翻一個觔斗，就到水濂洞。

12

李大猴這次生病，病得不輕，

牠覺得不久人世；去世之前，牠一定要和石猴見一面。石猴經常外出，不常在水濂洞。終於有一天，被孟猴等到，並約好了會面時間。

石猴如約而來，雙手抱著一大把人蔘，坐在李大猴床前，說道：「吃完這些，病一定大好。」這些新鮮人蔘是石猴連夜從高麗的深山絕谷中尋來的。

「沒用。」李大猴搖搖手，說道：「壽有長短，終歸一死。」深深地吸一口氣，說道：「我很滿足。我長壽。我有好伴。我有好兒子。」愛惜地看著老婆和兒子，然後對著石猴說：「但是我有遺憾。我還未找到繼承人。你……」氣接不上，待要說下去，只聽見底下猴聲一片，大喊：「石猴，做我們的大王，我們全都擁戴你！」

石猴向下一看，滿山滿谷的猴子，扶老攜幼，拜倒在地。

顯然這是事先安排好的。石猴安慰李大猴說：「等大王病好，再仔細商量吧。」

底下，眾猴得到暗示，又高喊：「做我們的大王，做我們的大王！」

李大猴說：「眾望所歸，石猴，你就勉為其難吧。」

李大媽、孟猴都跪下，李大猴想爬起來請求，石猴連忙把牠按下，轉身向猴群大聲喊道：「我答應了。但是等大王病好之後，還是我們的大王！」

「萬歲！萬歲！」眾猴歡聲雷動，慶賀牠們有一位新領袖。只聽到前面一句話，後面那句，沒有一隻猴子聽進去。從此，大家稱呼新領袖叫**美猴王**，不再叫石猴。

13

這是一望無垠的草原。

平時，這裡牛、羊成群，或低頭吃草，或相互追逐——鍛鍊體力，或者爭風吃醋。可是，今天不一樣，草原中間有一大片方方正正的低矮草地；那是牛群連夜啃出來，作為比武廣場的。四周是長可沒人的草叢。整個大草原，空盪盪的，看不見一隻動物。哦，不，有三、五成群的麻雀在淺草區中覓食；天空上，不時有鳥群飛過。

草原之上，有一片被鋤平的高地，那是牛魔王的觀武台。觀武台的後方，天山，天山高聳入雲。天山山脈整年冰雪封蓋，像極一條銀色的玉龍。

觀武台前面擺著一張又長又厚的石桌。石桌後面，七張大石凳。牛魔王居中坐。左邊依次坐著大獅王（獅面人身）、蛟魔王（蛇頭人身）、和紅蠍王（蠍首人身）。右邊依次坐的是金扇公主、猛犬王（犬首人身）和美猴王。

美猴王資格最淺，所以敬陪末座。

除了美猴王，全都戎裝上座。金扇公主腰上佩劍，牛魔王手提大扑刀，大獅王手握大關刀，蛟魔王手執長矛，猛犬王手拿彎刀，紅蠍王身掛三節棍。只有美猴王雙手空空如也。

觀武台上令旗一展，號角齊鳴。從觀武台往下看，左右兩側各衝出兩千頭牛，右邊是黃牛，左邊是水牛。原來牛群藏身在長草叢中。牠們即刻捉對角力；擠、推、撲、拐，廝殺許久；不支的，倒地；贏者另求對手。最後勝出各一百頭黃牛和水牛。倒下的，靜悄悄地退回草叢。得勝者前腳著地，昂首向觀武台上的牛魔王及貴賓們致敬。

觀武台上響起熱烈掌聲。蛟魔王說：「訓練有素啊！」

猛犬王說：「攻守俱佳呢！」

牛魔王說：「過獎，過獎！」

令旗再展，號角又鳴。兩位借將，從金扇公主來的黑人，各帶著一大捲繩索，跳到廣場中間。勝出的兩百頭牛立刻圍上來。於是展開一場人、牛大戰。牛群拼出全力，撲擊對手。兩位黑人，兩腳左蹤右跳；雙手緊握繩圈，時上時下，忽前忽後。盤旋許久，最後牛群全就範；其中一位圈到一百頭黃牛，另一位圈到一百頭水牛。一個不多，一個不少，太神乎其技了吧！

兩位黑人神氣地各圈著一百頭牛走向觀武台。還未到台前，兩百頭牛都巧妙地掙脫了繩圈，奔回草叢。黑人感到繩子越拉越輕，回頭一看，牛隻全溜光了，不覺愕然。

觀武台上，個個大笑。

隨後有一對二，一對四的角力表演。參賽的，黃牛，水牛各三千。進場時，快速而且有紀律；就位之後，馬上擺好對抗陣式。角力進行中，攻守雖然激烈，但不亂掉秩序；進撲勇猛，退避巧妙，每一隻牛都表現得可圈可點。

表演完畢，六千頭牛迅速齊聚台前，昂首向主、賓致敬。

觀武台上，個個豎起大拇指，大獅王說：「來一場牛獅大戰，切磋武技，一定精彩！」

紅蠍王說：「攻守不亂，進退有節，難得啊！」

金扇公主說：「大王做人開放豪邁，做事卻不粗枝大葉，佩服啊！」

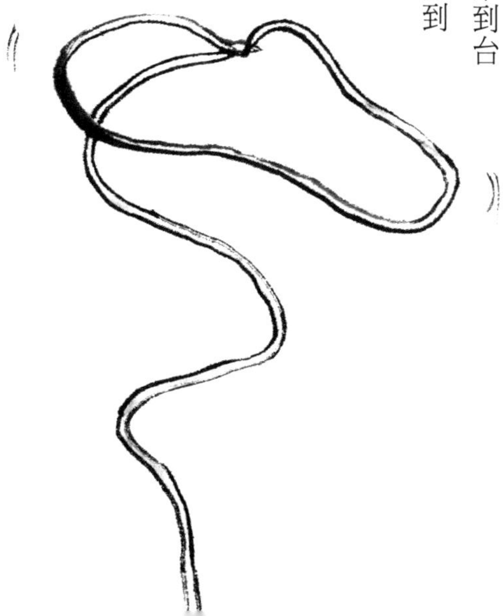

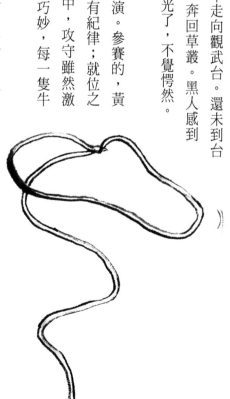

話一說完，一頭白底棕斑乳牛突然從草叢中衝出，踩在肅立在台前的牛群背上東奔西竄。牛群受到騷擾，但並未驚慌，鎮靜自若，陣容不亂。

牛魔王蹙起眉頭，往後一瞧，兩位黑人拿起繩圈立刻跳進廣場。

乳牛狂奔亂竄，兩位黑人緊跟其後，或在草地上，或在牛背上。聯手制牛，以為手到擒來；黑人完全沒有料到，這隻乳牛不只蠻力無窮，而且頗有機智。氣喘呼呼，黑人威風不再；氣定神閒，乳牛遊刃有餘。感到黑人急躁，乳牛會蹲下來，靜待追捕；黑人一靠近，牠或向前衝，或向後奔，無從預料。騰閃之間，兩位黑人的脖子都被自已的繩子纏住。乳牛雙角，一角一位，把黑人拉向台前。

這時不只觀武台上的主、賓大笑，連廣場上的牛群也興奮狂叫。

台上台下都以為這是事前安排好的。但是只有牛魔王心裡明白，有人搞鬼。他一直瞅著美猴王。可是美猴王從頭到尾都未離席呀。

沒錯，這是美猴王搞的鬼。牠使用分身術，正身變作乳牛，分身安安靜靜地坐在位置上。

大笑、狂叫聲中，六千隻牛迅速跑離廣場。令旗又展，號角再響。

從觀武台右邊草叢，步出一群犀牛隊伍，為數五百；接近觀武台，正步走；再靠近，擺頭行注目禮。這時台上的主、賓，或握刀，或提劍，或執矛……起立回敬。走過觀武台，犀牛群快步進至廣場前排的中央位置。

犀牛群走正步時，後面的一群也從草叢步出，這一群是白底棕斑牛。白底棕斑牛共有兩隊。接下來的是棕底白斑牛；棕底白斑牛，也是兩隊。黃牛群，共有十隊。殿後的是水牛群，也是十隊。後面的牛群都和第一隊犀牛群一般，照樣行禮如儀。兩隊白底棕斑牛排在前列，在犀牛的右邊，左方兩隊是棕底白斑牛。第二列、第三列是黃牛隊；後兩列，四列、五列是水牛隊。

二十五隊牛群，一萬二千五百頭牛，就定位後，牛魔王帶著嘉賓六位，進行親善步行。從第一列開始，一隊接著一隊，對著每隊前排的牛隻，或者握握角，或者摸摸頭，或者捏捏鼻子，或者拍拍腳……牛魔王表情認真，動作親切。

走過二十五隊，主、賓回到觀武台。於是牛魔王率領草原壯牛兵團高呼口號。

牛魔王：「靠什麼保衛我們的草原？」

兵團：「靠我們的尖角和鐵蹄。」

牛魔王：「人類踐踏草原，焚燒又獵殺。」

兵團：「驅逐他們，踩爛他們！」

牛魔王：「人類種菜、種麥又種稻。」

兵團：「天山之水，同享共存！」

牛魔王：「壯牛們，萬歲，萬萬歲。」

兵團：「大王，萬歲，萬萬歲。」

牛魔王展現了兵團旺盛的士氣和戰鬥力。活動在萬歲聲中落幕。

14

牛魔王和鐵扇公主送別六位嘉賓。

在雲端上，金扇公主對著美猴王說：「赤手空拳當然舒服、輕鬆，你不覺得正式場合，戎裝出現較為莊重、威嚴嗎？」

鐵扇公主說：「好，我來為美猴王製一件戎裝，和牛魔王一模一樣的。」

美猴王自己也覺得，以平時模樣出現在大庭廣眾，尤其作客的時候，確實不端莊，說道：「那就太感謝了。不過要做小件的，我沒有牛魔王高大。」

蛟魔王說：「不必麻煩公主。我帶美猴王到我表叔那裡。在他那裡，什麼珍奇寶貝沒有。向他要一件戎裝，想不會吝惜。」

紅蠍王說：「我們都帶有隨身武器。美猴王也應該選一件稱手的。」

大獅王說：「斧頭最適合美猴王。圓錘也不錯。」

猛犬王說：「我還有一把彎刀。」

金扇公主說：「美猴王腰上佩劍一定帥氣十足。」

七嘴八舌中，大家分道揚鑣。蛟魔王和美猴王一道走——向蛟魔王的表叔要禮物去。

滿懷疑惑，雲端上，美猴王問蛟魔王道：「為什麼一提到人類，你們都咬牙切齒？」

蛟魔王答道：「人類可惡呀！」

「我認識的人類不是慈眉善目，就是和藹可親呢。」

「你認識幾個人啦？」

「頭陀是我最早認識的。他是我的老師；金扇公主兩姐妹，親切又善體人意……」

「只有三個人呀！」

「兩位啞巴黑人，你不認為他們勇敢又誠實嗎？」

「五個。」

「還有在蒙古草原見過，投奔金扇公主做志願軍的那些人。」

「你認識他們嗎？」

「雖然未講過話，但是我覺得和他們心投意合呢！」

「好吧，就算這些人統統是好人，那也是人類中的少數。」

「壞人在哪裡呢？」

「動物中，原本人類是少數族類；什麼時候冒出來的，不知道。現在人類已經遍布世界各地。」

「為什麼？」

「強取豪奪嘛！」

「哦？」

「為了修築道路，建立城郭，人類砍光森林，剷平丘陵，填實池沼。原住在森林的動物是不是都流離失所？原住在池沼的動物，是不是慘遭滅絕？」

「有道理！」

「抓到一隻鹿，人類寢其皮，食其肉，連鹿角也不放棄，切來做藥。」

「補到鱷魚呢？」

「肉被吃掉，鱷魚皮做皮包、做皮鞋。」

「牛呢？」

「肉當然先被吃掉，毛皮做寢具，牛角掛在牆上做裝飾。」

「人類好像什麼都吃。」

「還有更慘絕人寰的，奶汁是留給小小牛吃的；人類竟搶去餵他們的嬰孩。」

「人類也吃魚嗎？」

「怎麼不吃！連小小魚，魚寶寶呢，人類也能怡然吞到肚子裡。」

說到人類的敗德無行，蛟魔王義憤填膺。說話間，牠們已到了東海一處河口，蛟魔王表叔的水下莊園就在附近。美猴王喊道：「鄰居嘛！」水濂洞就在牠們的雲塊下方。

蛟魔王說：「你自個兒下去。我在雲上等候！」

美猴王說：「你不陪我進去？」

蛟魔王說：「那是遠方親戚；平日並不來往，去了反而礙事。」

美猴王說：「只好自我引荐了！」說罷，撲通一聲跳下海。

15

美猴王撥水前進，不久望見一座宮殿。

近前一看，這座宮殿甚是巍峨，匾額「東海龍王宮」，隸書體。宮殿門口警衛森嚴：門外有勇猛兇悍的鯊魚群巡邏；門前有眾多蝦兵蟹將緊密拱衛。

一條鯊魚游近，厲聲說道：「哪來的猴子？不知道宮門重地，不許有人窺探嗎！」直衝美猴王，作勢咬牠。美猴王迴身游過，繞著這條鯊魚打轉。這條鯊魚怎能碰得著美猴王？其牠隻鯊魚見狀，一起游過來助勢。

美猴王悠游其間，或拉尾巴，或摸頭，或拔鰭，終於激怒鯊魚群，兇猛地向牠攻擊。牠跑開，鯊魚群不捨，緊緊追逐；看看距離宮殿遙遠了，美猴王才擺脫鯊魚群，一溜煙游回宮殿門口。眾蝦兵蟹將連忙擋住。

美猴王說：「麻煩通報龍王，說鄰居美猴王專程拜訪。」

一位手握著長矛的蟹將答道：「龍王今日做壽，宴請嘉賓，不見外客。」

美猴王說：「一定要見呢？」

蟹將說：「有能耐就衝過去！」說罷，舉起長矛，其他蝦兵蟹將也紛紛舉起各自的武器。

美猴王不想耽擱時間，立即變一條小蝦米，神不知鬼不覺，從蝦兵蟹將的胳臂間游過去。進了內殿，美猴王回頭哈哈大笑，說道：「我衝過來了！」

眾蝦兵蟹將嚇得發抖，讓陌生人進入內殿肯定要受懲罰。而牠們不得命令，是不准進入內殿抓人的。牠們個個手足無措。

內殿完全不同於外殿。內殿乾乾燥燥沒有一點水滴，和一般深宅大院無異。美猴王走近內殿大門，兩位內侍魚博士，魚頭人身，含笑問道：「美猴王？久仰，久仰，有要事親見龍王嗎？」態度爾雅，語調溫文。

美猴王故意放聲說話：「欣聞龍王大壽，鄰居美猴王特來拜壽。」

果然引起裡邊注意，東海龍王緩步走出來，說道：「不敢，不敢。兄弟小酌一番而已，並未做壽。敢問大王親臨……」

美猴王說：「那我不說客套話了。」

東海龍王說道：「別客氣，請直說。」

美猴王說：「討一件戎裝，不知道龍王肯見賜否？」

東海龍王面有難色，沉吟間，北海龍王、南海龍王和西海龍王都聞聲步出內室。

東海龍王說道：「不是不肯送，實在是沒有適合大王的。」

「哦？」美猴王有點懷疑。

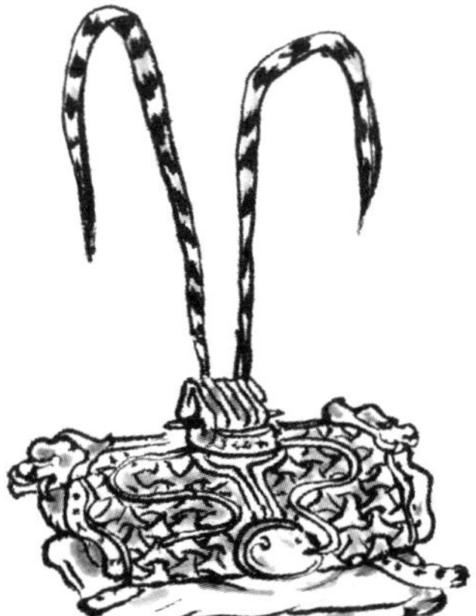

「蝦兵、蟹將穿的，大王能穿嗎？我們兄弟的，送一套給大王，那是沒問題，但是大王穿上鬆垮垮的模樣，難看呀！」東海龍王說得真誠懇切。美猴王有點騎虎難下。

北海龍王說道：「我倒是有一件。最近為龍太子仿製了一套戎裝，古代秦國將軍的。龍太子和美猴王個子相若，不嫌棄就先拿去穿吧！」

美猴王大喜，說道：「什麼時候過來取？」

北海龍王說：「不必勞駕，明早派人送去。」

美猴王說：「有了戎裝，我還要一件兵器呢。」

「自然，自然，」東海龍王向內侍魚博士說道：「到兵器庫，為美猴王挑一件喜歡的。」轉向美猴王說道：「先挑兵器，回頭再敘敘。」

帶著美猴王，路過兵器庫，魚博士對魚庫管說：「挑一件好兵器，送到演武廳來。」

到演武廳，不久，兩名魚武士扛著一把大桿刀，只瞥見刀身，美

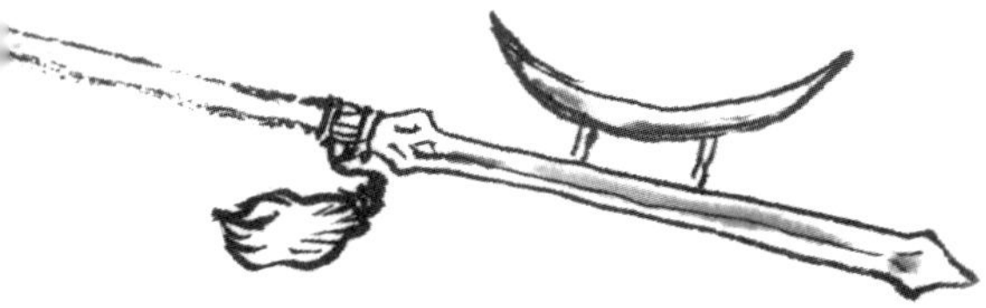

猴王連忙搖手說道：「我不使刀。」

魚博士問：「使劍嗎？穿上戎裝，腰上配劍，一定英氣逼人。」

「配劍太溫雅。」提起劍，馬上聯想到金扇公主，美猴王說道：「那是娘子軍用的。」

「長矛、長槍之類，長兵器呢？」

「對，對，我愛使長兵器，越重越稱手。」

四名魚武士，抬出一根長槍，美猴王接過手，馬上說道：「太輕，太輕！」

八名魚武士合抬一根長矛，美猴王跳過去接，晃了一下，說道：「輕。」

十二名魚武士抬出九股叉，美猴王握在手中，搖晃了兩下，問道：「沒有更重的嗎？」

魚博士說：「這已經有三千六百斤重呢。」

二十四名魚武士，這下抬出畫桿方天戟，美猴王提在手中，在空中比劃了幾下，說道：「還是輕。」

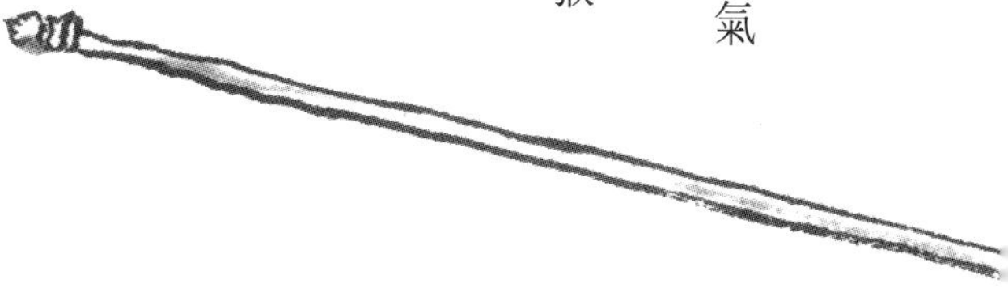

「大王神力驚人，七千二百斤還嫌輕。」魚博士說道：「這裡已經沒有比這把更重的兵器了。」

美猴王失望地說道：「只好別家去尋了。」

演武廳外，有一根又粗又長的柱子，橫臥在空曠的大院子中。長柱隱隱發光。

美猴王好奇，問道：「用剩的柱子嗎？」

魚博士答道：「龍王要建一座新殿。那是新殿的主樑。」

美猴王問：「為何發光？」

魚博士解釋，說道：「那是合百金千年鍛鍊而成的，自然散發光芒；黑夜經過，如同白晝呢。」

美猴王問道：「過去看看，行嗎？」

魚博士說：「怎麼不行！」

步出演武廳，走到樑柱旁，美猴王自言自語道：「不曉得拿得動否？就試試看吧！」

魚博士說道：「沒有一千個人是抬不動的。」

美猴王雙手一提，居然舉上空中，說道：「能變短，變細，就更棒了！」長樑居然聽話，變得較短、較細。美猴王說：「再短些，再細些。」果然長樑變得更短、更細。呀，上面有一行字，寫著「**如意金箍棒**」。美猴王大喜，原來棒子要長要短，要粗要細，可以隨你高興。對著魚博士說：「這根棒子就是我要的。」

魚博士著急了，說道：「這不是兵器。我不能做主呀！」

美猴王說：「不進去告別了，麻煩轉達一下，說美猴王改天再來道謝。」把金箍棒變得長短適中，粗細合宜，美猴王揚長而去。大院中，留下張大嘴巴、驚慌莫名的魚博士。

縱跳到雲端上，美猴王笑嘻嘻地迎向蛟魔王。見牠手上握著一根鐵棍，蛟魔王疑惑地問道：「龍王給你一根棍子，竟讓你興奮成這個樣子？」

「這不是一般棍子呢！」美猴王揮動一下金箍棒，立刻變得下可觸地、上可通天的巨棒；嚇得地下的走獸東躲西藏，天上的飛禽左避右閃。

拍一下巨棒，金箍棒即刻縮小像繡花針那樣細緻，夾在耳朵上，美猴王說：「你表叔慷慨呀！」

「肯送你奇珍異寶，」蛟魔王說：「戎裝一定為你量身定做？」

「雖然不是量身訂做，也差不多了。明早就送到。」美猴王答。

16

在彭猿的導遊下，蛟魔王遍歷森林的每一個角落。有溪，有湖，有山，有谷，勝景美不勝收。蛟魔王不勝讚歎。

坐在湖濱的石頭上，蛟魔王問道：「你們不停地提森林，森林……這個森林到底有沒有個名稱呀？」

彭猿抓抓頭，說道：「習慣都說這兒是森林，從沒有一隻猴子想為它取名呢。」

蛟魔王說：「我取一個名字，叫花果山，如何？」

彭猿說：「這名字聽起來怪怪的。」

「不怪，不怪，叫久就不怪。」蛟魔王說：「這兒繁花似錦，果實遍野，就叫花果山，行吧？」

美猴王說：「取得好，取得好！以後這地方就叫花果山森林。」

蛟魔王問：「有沒有人類來過？」

美猴王說：「除了頭陀，這裡從未出現人類。」

蛟魔王說：「但願他不要到處張揚。」

彭猿問：「哦，為什麼？」

蛟魔王說：「一旦被人類發現，他們會在這兒開闢觀光勝地。」

彭猿問說：「結果呢？」

蛟魔王答道：「你們只好搬家啦。花果山將為人類所有。」

彭猿惶恐地望著美猴王，問道：「那我們怎麼辦呢？」美猴王注視著蛟魔王，說道：「給我們一個啟示吧！」

蛟魔王說：「像我們一樣，你們也組織自衛隊。」

「自衛隊？」彭猿不懂。

「對，自衛隊！」蛟魔王說：「在我們那座森林，無法像牛魔王那樣組織兵團，我們就埋伏了無數個突擊單兵，或在樹枝上，或在岩石下，或在沼澤中，或在草叢間。只要人類一踩進來，絕不讓他們活著出去。」

美猴王問道：「紅蠍王採取同樣策略嗎？」

「沒錯，牠們埋伏在沙漠，或木縫、石隙間，」蛟魔王答道：「人類被螫，非死即傷。」

美猴又問道：「大獅王一定和牛魔王相同，愛大兵團作戰。猛犬王也一樣嗎？」

蛟龍王答道：「猛犬王愛打游擊戰，配合大兵團作戰，效果極佳。」

「游擊戰？」美猴王和彭猿一樣不懂。

「游擊戰就是突擊戰。狗群有的十幾隻，有的百來隻，兇猛迅捷，來去飄忽，防不勝防呢。可惜，未經訓練的狗，只要給牠一點肉屑，就喪生戰鬥力，甚至做叛徒。」

美猴王問：「金扇公主幫助我們，對抗人類。她是人類的叛徒嗎？」

「不能這麼說。」蛇魔王說：「金扇公主是人類的良心。」

彭猿問：「怎麼說呢？」

蛟魔王答道：「金扇公主明白大自然是共有的，沒有一個族類可以獨占；同居在一個大自然下，大家應該互相提攜，和睦共存。」

美猴王問：「金扇公主的志願軍和人類作戰嗎？」

「不，不，」蛟魔王答道：「金扇公主訓練志願軍保護大自然：怎樣鑿破漁船，毀損漁具；怎樣挖掘、截斷通往森林、沼澤的道路，故障車具。訓練演講員，教育一般大眾，共存共榮之道。」

這下，美猴王領悟了，說道：「保護大自然，靠人類是不夠的，主要要靠自己。」向彭猿說道：「保衛花果山，猴猴有責呢。」

彭猿目光炯炯，提起胸膛，握起拳頭，說道：「組織猿猴兵團，就由我負責。」

蛟魔王豎起大拇指，說道：「彭猿，將才呀，一定做得有聲有色。」

美猴王和蛟魔王在雲端話別。這時候，彭猿見到孟猴遠遠奔跑過來，氣喘呼呼，上氣不接下氣，孟猴說道：「找你們找得好辛苦喔！」

彭猿說：「我們一直都在這兒呀。」

孟猴說：「以為你們都在水濂洞呢！」

美猴王從雲端下來，說道：「李大王找我嗎？」美猴王略懂人情事故了。

孟猴忙說：「對，對，他快沒氣，一定要見到你，死才瞑目。」

美猴王說道：「事不宜遲，那就快走！」三隻猴子，三步併兩步，跑向李大猴家。

17

在病床上的李大猴，脈搏還在跳，

呼吸尚未停止，可是對身旁妻子、兒子和朋友的呼喚，全無反應。牠失去知覺了。李大媽哭紅的眼睛望著美猴王，說道：「牠不停地呼叫著你呢。」

美猴王十分懊惱，在病床前，來回踱步，口中不斷自責，說道：「來遲了，來遲了……」忽然靈光一閃，知道李大猴尚未進鬼門關，只在路上，趕過去，應該還可以見牠一面。

美猴王坐下來冥思。

遠遠地，美猴王見到李大猴，牠被上了手銬腳鐐，踉踉蹌蹌，樣子狼狽。兩個青面夜叉，手執二叉刀，左右夾著，攞著快走；牠似乎在哀求些什麼。夜叉，身材矮小，兩側太陽穴鼓起，形象甚是醜陋。

美猴王見狀，不由得大怒。好好一隻猴子臨終竟被如此糟蹋！「喝，」了一聲，趕上，說道：「快快放了李大王！」

「哪來的猴子，竟敢放肆！」兩個夜叉其中一個粗魯地斥責牠，說道：「閻王規定一點鐘死的，誰敢放他兩點鐘亡。」

美猴王大聲說道：「絕不說三遍，快快放了李大王！」

「不行。」另一個夜叉較為禮貌，說道：「除非取到閻羅王的赦免手令。」

「胡說！」美猴王晃了晃手中的金箍棒，說道：「先放了，隨後我自去取手令。」

「沒有這個道理！」兩個夜叉舉起二叉刀，當頭砸下。美猴王隨意一擋，震彎了二叉刀，嚇壞了二夜叉。顧不到囚犯，二夜叉落荒而逃。

敲掉手銬腳鐐，美猴王恭敬地說道：「來晚了，令大王受驚。」

「你闖大禍了。」李大猴恐懼地說：「違抗閻王命令，被打下十八層地

獄，將永生永世不得翻身呢。」

「有這樣的事？」美猴王疑惑地說道：「我去和閻王理論。」

「唉！」嘆了一口氣，李大猴說道：「剛剛我只是向夜叉大哥求情，讓我見你一面，誰知道他們鐵面無私。」

「先送你回去，再去理論。」美猴王說。

「已經見到你，沒有遺憾了。」李大猴無奈地說：「趕緊追上夜叉，說我不敢抗命，跟著就來。」

美猴抬起頭，這才留意到，牠們身處在無邊無際死寂的沙漠上——沙漠上斜斜立著一塊不甚明顯的路標：「幽冥界」，就是死人的地方。天空，蒼蒼茫茫；四野，荒荒涼涼。鬼門關之路確實寂寞難走呀！

略一彎腰向前一縱，美猴王就見到兩個慌慌張張的夜叉跑進城門。前面的城郭甚是遼闊，城牆高聳，黑色岩石砌成，顯得冷冷酷酷，陰陰森森。

走近城門，城門匾額大書「鬼門關」，筆力蒼勁。張望間，一位黑臉將軍騎著一匹黑馬，手提長矛，騎後跟著二十個青面夜叉，出現城門。

「嘿，站住！」黑臉將軍喝道：「小猴子，你就是劫走李大猴的毛頭小子嗎？」

「不錯，在下就是。」美猴王說道：「馬上引見閻羅王，在下有事相商。」

「閻王可不是隨便一個猴子想見就見的。」黑臉將軍說罷，長矛隨即刺來。二十個夜叉四面圍住，擺出活捉美猴王的陣勢。

「沒本事，休想過得了關呢！」不閃不避，拉過長矛，一折兩斷，美猴王說道：「快快帶我見閻王。」

城門內又擁出百來個青面夜叉，加入圍捕行列。

美猴王不耐久纏，躍上城牆，說道：「這會兒沒空和你們玩。」

站在城上，往下看，街道巷弄也是一片烏漆抹黑。大樓一概十八層，青磚藍瓦——層層一個規模，戶戶同個模樣；無窗無戶，只留小洞。街頭之上，人來人往，絡繹不絕。他們並非一般的行旅，而是夜叉押著人犯，進出刑房和牢獄之間。夜叉頤指氣使，人犯垂頭喪氣。

城郭布局頗像棋盤，整齊嚴謹。城中心有大廣場，廣場中間有一座高敞的三進宮殿——紅牆金瓦，燈火炫炫；對照周圍陰沉的景象，這裡別有洞天。閻王一定在那兒。美猴王正想朝那個方向走，被城上的巡邏夜叉發現，大喊：「我看見小猴子啦。」於是引出一大群夜叉。

沒興趣和小鬼們糾纏，美猴王變身蝙蝠，飛入暗巷裡。暗巷中傳出怒斥聲、油炸聲、鎚打聲、鞭擊聲、哀號聲……美猴王滿臉疑惑，耳朵靠著牆壁。

「撒過幾次謊？」

「一次。四歲的時候說過一次謊。」

「好，割下舌頭。打入第一層地獄。」

隨後聽到一聲淒厲的叫聲。

「和有夫之婦通姦，對嗎？」

「那是你情我願下……」

「好，去勢。打入第十一層地獄。」

接著聽到更悲慘的叫聲。

「你偷朋友的錢。」

「在人世間我已經坐過牢。」

「用右手偷錢，對嗎？剁掉！打入第五層地獄。」

只聽到「啊！」的一聲……

「做官，收賄賂，不冤枉你吧？」

「……」

「緘默權？好，丟下油鍋。打入第十八層地獄。」

「輕罪重判，不公……」話未說完，人似乎暈昏過去。

「不給老母飯吃？」

「家窮，我自已也沒飯吃呀！」

「重打一千鞭。打入第三層地獄。」

…………

信步走了幾個地方，聽到的，和前面的，無甚兩樣。差一點把李大猴忘了；牠一定等得心焦。想到這裡，美猴王於是變身烏鴉，飛往大廣場。

隔牆聽到的，讓美猴王深深理解，李大猴恐懼的理由。牠決心擺低姿勢，向閻羅王美言相求。

美猴王變回猴身，收起金箍棒，全身上下疏理一番。抬起頭一看，城上遇見的那位黑面將軍直挺挺地就站在眼面。並肩站在他身旁的有：白面將軍、青

面將軍、赤面將軍、黃面將軍、花面將軍、哭面將軍和笑面將軍。將軍們個子個個都有三人高，身材魁梧，血口獠牙，看來嚇人。閻王殿前的八大將軍全出動了。他們後面，無數青面夜叉，把閻王殿保衛得水洩不通，插翅難進。

美猴王笑著臉，打躬又作揖。

黑面將軍問道：「為何前倨後恭？」

美猴王笑著答道：「有事相求，自然笑臉相陪。」

「快去，快去，閻王不見無名小卒。」

「我非無名小卒。我叫美猴王。」

「憑什麼和閻王平起平坐？」

「閻王是王，我也是王。」

「閻王受奉金殿，和自行加冕，自個兒稱王的，怎能相提並論？」

「我能和龍王飲酒作樂，為何不能和閻王同榻共眠？」

「愈說愈離譜了！」哭面將軍喝道：「吃我一棒！」話未說完，棒已臨頭。

美猴王閃開，說道：「我是好言相勸，不要敬酒不吃，吃罰酒。」

八大將軍把美猴王四面圍住。

「好吧，陪你們玩一玩。」話剛說完，八件兵器齊向美猴王襲來。美猴王身手矯捷，左拍右摸，上攻下踢，或碰碰屁股，或拍拍背脊，或拉拉腳跟，或扯扯胳臂，把那個八大將軍，搞得左支右絀，狼狽不堪；汗流浹背，氣喘呼呼。看看玩得差不多，美猴王從耳朵上取出金箍棒，朝地面一敲，只見一根巨柱騰向黑空，閃閃發光，照亮廣場，說道：「憑這個，能和閻王平起平坐嗎？」

八大將軍個個嚇呆，夜叉們鬼鬼驚惶。喧譁聲傳進內殿，閻羅王走出殿外，後面跟隨一大群判官、祕書，聽到美猴王說的最後一句話，閻羅王答道：「請進，請進！」

美猴王收了金箍棒，說道：「果然，閻王易與，小鬼難纏。」

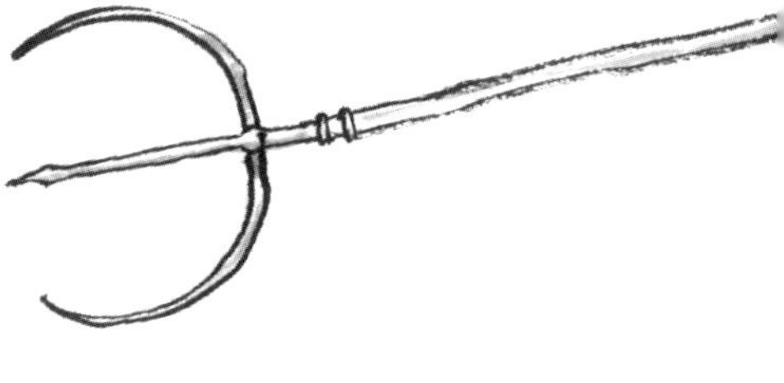

18

和閻羅王並步但不能並肩走進森羅殿，

美猴王第一次自慚形穢。閻羅王體著朝服，姿質偉岸；自己光身赤裸，難登大雅。閻羅王高頭大馬；自己矮小猥瑣。閻羅王大眼睛、厚耳朵、隆鼻子；自己小眼睛、薄耳朵、扁鼻子。閻羅王面容漆黑，舉止自顯威嚴；自己呢？除非取出金箍棒，沒人理會。的確，不能和閻羅王平起平坐！黑面將軍講的沒錯。

森羅殿上分賓主坐定後，閻羅王問美猴王來自何方，師承何人，有何閱歷。美猴王一一告知。問到來地獄有何目的時，美猴王客氣地向閻羅王要求，給牠的朋友，李大猴七天的假日，讓牠能從從容容告別親友；並且在拘提途中，能免去手銬腳鐐。

閻羅王唯唯諾諾，不置可否；叫來楊判官，說道：「美猴王對地獄的典章制度多有誤解。仔細向牠說個明白。然後帶牠參觀地上十八層刑庭，地下十八層地獄；一層一層看。好好招待，不可簡慢！」

「是！」楊判官恭敬地低頭受命。

閻羅王又向美猴王說：「有不清楚的，不妨問個夠；不對的，不當的，不要客氣，提出來，讓我們知道。」

楊判官引美猴王到他的辦公室。辦公室裡只有一張桌子，一張椅子；書桌上，一支筆，一個硯台，一只大茶杯，一疊宣紙。書桌之外，上下左右，整整齊齊，全都是資料和檔案。室內陳設雖舊，但一塵不染。見有客人，夜叉多加了一張椅子和一只茶杯。在楊判官的辦公室裡，不須正襟危坐，美猴王自在多了，翹腿斜坐，拿起茶杯，一飲而盡；侍候的夜叉趕緊添水。

「我們先談談，還是先參觀？」

「朋友在外久候；參觀，留到下一回罷。」

「你對地獄的管理好像有許多寶貴意見？」

「我沒有意見，我也沒有興趣！」

「那麼你向閻王提出什麼要求了嗎？」

「李大猴是我的至友。我為牠向閻王請假，讓牠能多個幾天和牠的至親好友話別；到地獄的路上，能免去手銬腳鐐。」

「閻王答應了嗎？」

「我想他答應了。他叫我和你談。談怎樣安排吧。」

「這恐怕是個誤會。」

「哦？」

「這是制度。制度是不能因人因事隨意更改的。」

「那麼閻王是不答應了？」

「的確無法答應。」

「能不能幫我想個通融的辦法？楊判官，拜託你啦，七天不行，三天總行。」美猴王說話低聲下氣，自己也感到氣餒。

「每一個人都有至親好友。惜別的話永遠講不完。你也請假，他也請假，地獄的管理不全亂掉了？」

「那麼至少能免去手銬腳鐐吧？」

「那也不行。」

「哦？」美猴王的臉色逐漸下沉。

「陽壽盡了，哪個肯自動到地獄報到？不用手銬腳鐐，行嗎？」楊判官說得振振有詞，理直氣壯，絲毫未發覺面前的客人戾氣已現。

「帝王將相呢？」

「一樣。毫無例外。萬民擁戴的帝王，逮捕他，不用手銬腳鐐，拘得動嗎？」

「每一個人的陽壽，是不是一出生就決定了？」

「確是如此。」

「每個人？每個猴子？」

「當然，人人如此，猴猴都如此。」

「我能問我的陽壽幾何嗎？」美猴王決定不再低姿勢相求，思索怎樣叫閻羅王無從拒絕；可能又要動用金箍棒，把個森羅殿敲個稀爛！

略為遲疑了一下，楊判官答道：「別人不行，算你例外。坐一會兒，喝一杯茶，我去查資料。」

楊判官從地下室上來，雙手捧著厚厚的一疊檔案；全是猴族的。找到了《花果山》那本，楊判官有點疑惑，最後讀懂了，他說：「你出生大赤山，成長在花果山，原名石猴，改名美猴王，最後叫孫悟空。活三百四十二歲，善終。」

「檔案上沒記錄的猴子，牠是不是可以長生不老？」

「理論這樣沒錯，但是不可能發生。天書《生死簿》上不可能漏掉任何一隻猴子。」

美猴王靈機一動，立刻有了主意。本尊化作夜叉溜到外邊，分身仍在室內和楊判官對坐、嚕嗦。

化身的夜叉走進來，恭敬地說道：「閻王有請，請楊判官即刻就去。」

「也許閻王對你網開一面呢！」闔上資料，楊判官略帶歉意，說道：「坐坐，我去去就回。」

等他一走開，美猴王找到《花果山》的那本本子，夾在脅下，就在室外生了一把火，燒得乾乾淨淨；找到了李大猴，帶著牠，離開幽冥界，奔回陽關道。

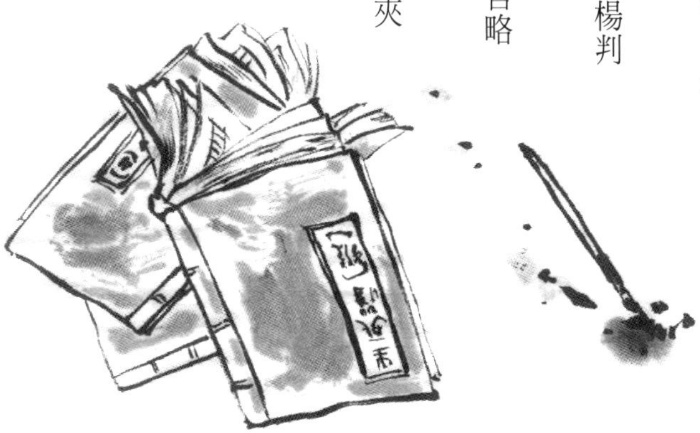

19

李大猴很快恢復了健康。

有一些病篤、傷重，原本奄奄一息的猴子，以為大限將至，突然間一個一個不藥而癒；不久又生龍活虎一般。當然斷掉的手臂不可能重生。沒有一隻猴子認為這是奇蹟——生病，復原，又生病很正常嘛！

佛要金裝，人要衣裝。穿上龍王贈送的戎裝，美猴確實變了樣，給人器宇不凡的印象；牠到處走動，炫耀新裝——前天邀遊蛟魔王，昨日競技紅蠍王，今天討教大獅王，明日宴請猛犬王，後天比武牛魔王……沒有一天閒著。很遺憾，牠拜訪東海龍王，南海龍王，西海龍王和北海龍王，都吃了閉門羹，個個都推故不見。本想到冥府一趟，再見閻羅王，但是一想到那裡陰森森的氣氛，就打消了去意。牠一點都沒有料到，牠已經嚴重地得罪了閻羅王和龍王們。

美猴王和朋友們在一起，談大事，談怎樣應付共同敵人——人類，但是更常的，卻是言不及義。談天而不言不及義，肯定他們之間不會是好朋友。你可以認為金扇公主不是他們的好朋友；因為她從不苟言笑，非禮勿視，非禮勿言。因此，除了正事，牠們從不跟她在一起。

難兄難弟在一起，免不了吃喝玩樂；久了，美猴王成為美食家——蔬果要吃頂級的；尤其講究飲酒，劣酒一滴不嚐，美酒千杯不醉。可是不要認為牠正經事兒都不幹。來自人類的威脅，始終讓牠耿耿於懷。防範人類入侵，美猴王親自規劃部署和訓練，不懈不怠。

一天，玉皇大帝（中國人的上帝）邀請太白金星君張仙翁和托塔天王李靖同遊御花園，共賞晚秋的殘荷。他們大喜，這下有事情可做了。托塔天王李靖還帶了兒子哪吒三太子同往。在天國，大家都有共同的苦惱，苦惱沒有煩惱可煩惱。煩惱是玉皇大帝的特權，祂獨攬分配煩惱的權力。

生活沒有煩惱肯定單調無趣。最初，天國只有日夜之分，並無四季之別。天天都是風和日麗，天清氣朗。天國的騷人墨客寫不出佳作，於是怪罪天氣。大仁大智的玉皇大帝首先在天國恢復了春夏秋冬的時序循環。天國的作家和藝術家還是缺乏感人之作——他們的創作讀起來或看起來，都平淡乏味，比不上凡人世界的慷慨激昂。於是又要求，恢復生老病死的生命循環。這項提議遭到強烈反對。絕大多數天國居民寧愛單調，不喜變化；不愛藝術，寧願永恆。順從眾議，玉皇大帝維持了大家原先習慣了的秩序。

還是回到主題。處理小事（小煩惱），玉皇大帝習慣在御花園或御書房，找相關的一、兩位大臣商討；大事（大煩惱）才在雲霄寶殿召開御前會議。

賞花之餘，坐在涼亭上，玉皇大帝出示東海龍王的表章，說道：「芝麻小事嘛！重鑄一件不就皆大歡喜嗎？」祂又出示閻羅王的，說道：「昨晚遞到的。兩件事情連在一起，好像不能不處理。你們認為呢？」隨手把兩份表章遞給張仙翁；張仙翁讀完，傳給李靖。

李靖說：「恃強求索，燒毀天書，皆是問斬之罪。」

「沒錯。」張仙翁說道：「但是這隻猴子產自頑石，並非胎生。天為父，地為母。若逕予嚴刑，恐怕有虧上天好生之德。」

玉皇大帝點點頭，問道：「就讓這隻猴子自由自在，不去辦牠？」

張仙翁說：「不管人還是猴子，有了本事，就會到處招搖，無事是非。給牠事情做，自然步入正道。」

玉皇大帝問：「有具體的辦法嗎？」

張仙翁答道：「養馬場有千匹御馬，現在缺主管，就叫這隻猴子擔任。」

李靖提出異議，說道：「正常的逮捕程序還是要做。不顯示天威，以後難管。」

玉皇大帝也點點頭。

哪吒三太子自告奮勇，說道：「大家坐一會兒。我一個人去。不需要一盞茶的功夫，立刻將牠提來。」

張仙翁說道：「不那麼容易呢。」

玉皇大帝於是說道：「李天王，你陪同三太子，一道兒去。生擒，不可傷害。」轉頭對張仙翁說：「你也去。相機行事。」

玉皇大帝的指示，顯示了智慧，也顯示了慈悲。

離花果山不遠的一處海灘，花溪在這兒出海。花溪是一條美麗的小河，水源豐沛，景觀宜人。美猴王和牠的伙伴都站在或游在淺水灘上——彭猿（紅猿兵團司令官）、高猩（黑猩兵團司令官）、張虎（虎豹兵團司令官）、黃豚（海豚突擊隊隊長）、劉鯊（鯊魚突擊隊隊長）。留在附近沙灘上的有錢蛇（蟒蛇突擊隊隊長）和吳鱷（鱷魚突擊隊隊長）。在低空，有金鷹（鷹隼偵察隊隊長）。

牠們都凝神目視著海面。首先金鷹帶著七隻鷹隼飛向外海。突然海面上出現一百隻獨木舟。八隻鷹隼急速飛回。立刻有一百隻鷹隼飛向獨木舟，在空中丟擲石片；丟完，又有一百隻飛去；丟完，又有一百隻；一共三批。

現在，牠們看清楚了，每隻獨木舟上有兩名黑猩猩；一百隻船一共有兩百名黑猩猩。牠們擔任入侵者——人類。在鷹隼丟擲石片的當兒，黃豚和劉鯊已經率隊靠近獨木舟群。海豚在海面上，上下跳躍、衝撞；鯊魚在海面下，左右游動、襲擊。

到岸了，黑猩猩跳離獨木舟，躍上沙灘，整理隊伍的時候，有五十隻花豹從左方衝出；有五十隻斑虎從右方襲來。黑猩猩連忙抓起長矛。花豹、斑虎退出，從灌木叢中跑出兩百名紅猩猩，各持一根木棍。於是雙方捉對廝殺。

不久，兩百名紅猩猩全被打倒在地。五十名黑猩猩受傷留在沙灘上。一百五十名黑猩猩攻入森林。進入森林，黑猩猩樹上受到小猴子攻擊，木塊、石塊不斷從頭上打下來；草叢裡，有蟒蛇，有蜘蛛，有毒蠍……不停突襲，或纏或咬或螫。黑猩猩不支，狼狼狽狽退回沙灘；現在只剩下一百名。

要坐船逃離，在淺海上，黑猩猩發現船全被毀損。原來，在牠們攻入森林的時候，鱷魚隊出動，把獨木舟盡數咬斷、撕裂。到了這個地步，餘下的黑猩猩只好高舉雙手。

美猴王和伙伴們都很高興。兩個月來進行的部署和訓練工作，協調和默契，在這次演習中有令人滿意的表現；可算成果輝煌。

20

帶著親兵，李靖父子駕著神光，

不一會兒就到花果山上空。他們一眼就瞧見美猴王。美猴王一身戎裝，手執金箍棒，瞻前又顧後，指東又劃西，不曉

得在玩什麼猴戲。圍在美猴王身邊的，除了猿猴之外，有蟒蛇、鱷魚、鷹隼、牛、犬、虎、豹……由於張仙翁未到，他們就留在雲端上等候。久候不至，李靖父子才先行降落。

美猴王和眾禽獸正想走回森林，遠遠見到碧海上空飛來一朵彩雲，飛速極快。不久，一群人就站在牠們面前——一位留長鬍子的中年男子手托寶塔；旁邊，一位不到十歲的男孩只著短褲，全身赤裸，右手拿環，左手持矛，兩腳蹬風火輪，身披紅布帶子。後頭有二十四位雄壯士兵，個個手握長矛。

美猴王和牠的伙伴們從沒有料到人類會從天上來，而不是從陸上或海上；一時呆住，但是立時會神過來。美猴王站在中間，旁邊侍立著三位司令官，幾位大隊長。躺在地上的黑猩猩、紅猩猩和其他走獸都站起來，把這群人層層圍住。鷹隼全數出動，飛臨空中，預防突發。牠們都知道這次可不是演習！

哪吒太子先開口。

「你是自稱美猴王的嗎？」

「我非自封，而是花果山猴族共同擁立的猴王。」

「我奉玉帝口諭，逮你歸案。」

「我有何罪，玉帝要拘捕我？」

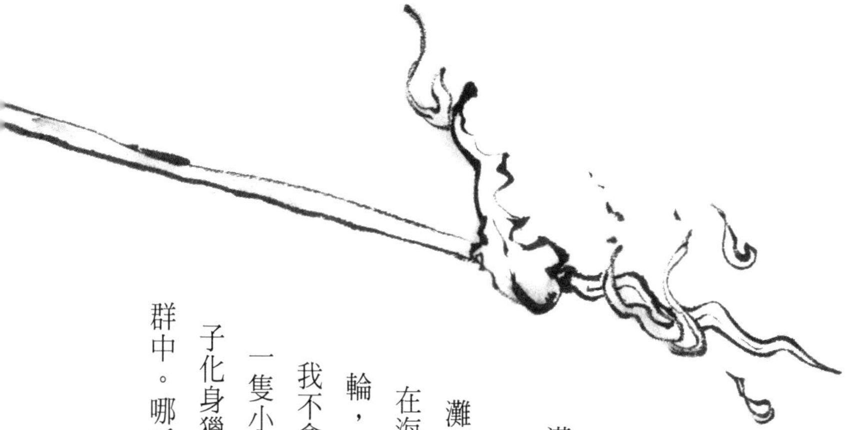

「強索龍王寶物，擅毀閻王天書《生死簿》。」

「寶物，龍王甘心送予我的，怎說強索？《生死簿》，薄薄小冊子，值得小題大作？」

「彌天大罪，還在強辯。」

「憑你，十歲娃兒，誇口逮捕？」

掄起長矛，哪吒太子，直取美猴王。美猴王笑嘻嘻地說道：「不和孩兒一般見識。我陪你玩。」美猴王六歲未滿，但是牠總以為自己是大猴子。

沙灘上突然長出一棵大榕樹，樹葉繁茂，有若華蓋。沙灘怎能長樹？哪吒太子劈頭就砍。榕樹不見，一塊大石半浸在海水中。長長的一條沙灘，剛才並未見到石塊呀！運起風火輪，快速輾過去。石塊不見，天上有一隻小蜂鳥。「你會變。我不會變？」哪吒太子化身老鷹追上去。小蜂鳥不見，沙灘上有一隻小山羊，咩咩叫，在尋找母羊。「不要裝可憐相！」哪吒太子化身獵犬，直撲過去。……最後，美猴王變成鱷魚，藏身在鱷魚群中。哪吒太子變回人身，雙目神光炯炯，立即分辨出哪隻是猴子變的，對著缺了一顆牙齒的鱷魚說道：「有本事為什麼不敢堂堂正正鬥一鬥呢？」

「好吧，不和你鬥一鬥，你不服氣。」美猴王變回猴身，笑著臉說；隨著把個金箍棒攔腰橫掃過去，哪吒太子騰高閃開；金箍棒又從頭頂砸下，這次，他不躲不避，舉環架住。哪吒太子挺住當空一擊，功夫顯然一等一；美猴王雖未盡全力，也暗自佩服。於是一矛一環對一棍，你來我往，從地面打到天空，從天空又鬥到水上。瞧得敵對雙方陣營盡皆喝采。唯有李大天王微蹙雙眉。

在空中哪吒太子化作三頭六臂；兩手拿環，兩手舉矛，兩手緊握綑仙索。美猴王身手一緊，動作加快，好像有無數個本神從四面八方圍住對手。哪吒太子好像被困在猴群中，不曉得哪一個是真神，哪一個是幻影，三頭六臂無從下手。

「停手，停手！」相持中，遠遠聽到張仙翁大喊：「果然棋逢對手，難分勝負。」

張仙翁故意遲到。他知道不讓李靖父子一展身手，事情不會善了，看看鬥得差不多了，才來叫停。

張仙翁先向李靖父子致意，才對美猴王拱手招呼。張仙翁童顏鶴髮，手執塵帚，仙風道骨，令人肅敬。

張仙翁自我介紹，說道：「敝人姓張，俗名金星。天上，人稱我張仙翁。」

「失敬，失敬，」美猴王說道：「張仙翁你來自天上，不同他二人，要拘捕我的吧？」

「豈敢，豈敢！」張仙翁說道：「玉帝見大王異稟天賦，深恐埋沒地界，擬請共赴天國，一展大才，並同享無憂不朽之樂。」

美猴王大喜，說道：「好的，好的，足見玉帝誠意。你先回，待我處理了瑣事，立即上任。」

李靖父子誇下海口，未能達成，有這樣的下台階，也不失面子。

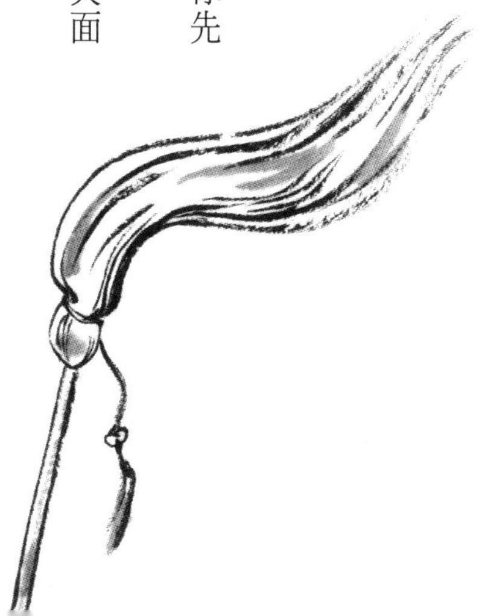

21

帶著美猴王到御營馬場，

張仙翁介紹兩位中年力壯男子：「這兩位是雙胞胎兄弟，吳正、吳邪。這裡的副總管。」指著美猴王說道：「今天帶總管來。這位是大名鼎鼎的美猴王。」說罷，寒暄交待一番，才告辭離去。

吳正、吳邪趕緊吩咐泡茶。兩兄弟在天國養馬不止千年，見多識廣，知道凡是缺手斷腳，耳聾目盲，敢在大庭廣眾出入現眼的，無不大有本領。禽獸蟲蛇莫不如此。玉帝叫一隻猴子來管馬，肯定深藏玄機，他們一絲絲也不敢看輕。

「總管為什麼不卸下戎裝，」吳邪捧著一杯熱茶，雙手遞到美猴王面前，說道：「領略一下天國的清風流泉？」

美猴王接過熱茶，一飲而盡。的確，戎裝穿在不對的場合，叫人覺得滑稽可笑。脫下戎裝，迎面清風徐來，舒服極了。張開雙手，美猴王大呼：「過癮，過癮！」

清茶甘苦巧合，飲後餘味無窮，和地界好茶確有不同，美猴王把整壺熱茶獨自喝光。

兩兄弟於是陪同美猴王視察馬廄。一千二百匹馬，個個摸摸頭，拍拍身子，咿咿嗚嗚說些話。就這樣過去一天。

吳正詫異地問：「總管懂得馬語？」

美猴王正色道：「怎麼不懂？你們養馬千年，肯定耳熟能詳。」

吳邪慚愧地說：「不瞞你說，一千二百匹馬的脾氣、個性，可說個個摸透了。馬語我們確實還聽不懂。」

吳正加上一句話，說道：「總管不但能聽，而且能講，太厲害了。」

聽到讚美的話，美猴王不禁喜形於色，洋洋自得，說道：「我還能講、能聽牛語呢！」

吳正、吳邪一大早就集合了馬場的三十名伙伕，二十名騎兵，等候總管點名。他們左等右等，等不到美猴王——也許睡過頭，正想到寢室喊牠，突然聽到的答的答的馬蹄聲，總管戎裝騎馬出現在他們面前。

「天朦朦亮，我又到馬廄巡視了一遍。粗估，一千二百匹馬，三匹有一匹是千里馬呢。我和牠們談過，現在要牠們一口氣跑十里都成問題。為什麼呢？牠們都太肥了，平日缺少跑動。」

吳正、吳邪，伙伕們和騎兵們，你瞪我，我瞪你，不曉得為什麼講這些你知、我知、人人都知道的故事；講得好像是新聞。

「好吧，我先點名。」美猴王下馬，從吳邪手上取過名冊；念一個名字，拍一下肩膀。這個動作是從牛魔王那兒學來的。

這一下，他們都大為吃驚——這隻猴子有點學問呢，並不是目不識丁。吳正、吳邪原本想照著冊子，逐一為總管介紹認識的。

站在白馬側邊，拍著馬腹，美猴王說：「這匹馬，聰明、能跑，毛色純白，就叫牠白王。」

大家又瞪大了眼睛，不知道新總管又要玩啥花樣。

「以前，驅馬到草原，你們都太隨意，馬愛吃多少，就讓吃多少。」美猴王注意到吳正、吳邪面上都無表情，又說道：「從明天開始，不行了。只能清晨、黃昏各吃一次，每次不超過半個時辰。」

伙伕們底下唧咕：這要多費多少功夫啊；以後，只能少喝茶，少扯淡了。

「每匹馬，每日慢跑一個時辰，快跑半個時辰。一個月後，加到每日慢跑二個時辰，快跑一個時辰。」

騎兵們反彈了，紛紛表示：即使增加十倍兵力，不吃不睡，也達不到總管的要求。

不言不語，美猴王在眾人面前來回踱方步。這動作牠學自大獅王。大獅王遇到問題，不知道怎樣解決，都是這個模樣。

吳邪見總管遲遲不說話，於是說道：「總管，這事從長計議吧？」

「好罷，」美猴王說道：「先叫馬少吃。至於多跑，等我和副總管討論之後再說。」

眾人於是散去，各自忙各自的事。

布棚搭在天國的草原上。桌子上，一壺茶，三只杯子。美猴王居中坐，左右坐吳正、吳邪；

白王侍立在美猴王身後。馬群散布在草原上吃草，間有幾匹馬相互追逐，逗趣取樂。

「豈止三匹五匹，」吳正說道：「一千二百匹馬，都是萬中選一，毛色或純白、或純棕、或純黑，一旦刻意訓練，匹匹都是千里馬呢。」

吳邪接著說：「可是玉帝並不需要千里馬呀！」

「哦？」美猴王睜大眼睛。

吳正說：「千里馬？天國萬里，四海寧靖，從不征戰，只有送往迎來，幹嘛要千里馬？」

美猴王問道：「那玉帝畜養這許多馬擺飾用的？」

吳邪說；「差不多是這個意思。」

「也不能這麼說，」吳正表情認真，說道：「玉帝巡狩四方，一季一次；這時就大大用得。」

美猴王問：「平常日子，馬就閒著？」

吳正答道：「元帥們，將軍們偶而會來借馬。但極少超過二十匹。」

吳邪說道：「巡狩一次，需要二百四十匹馬。一千二百匹，說實在也太多

了。」

吳邪又說道：「巡狩的路程上，三步一停，五步一休，是不是要憋死千里馬？」

美猴王開始覺得自己天真無邪，隨便問道：「千里馬至少可用來遞送即時信件？」

吳邪哈哈大笑，說道：「把地界的思想，引用到天國，格格不入啊。」

吳正比較正經，嚴肅地說：「天國，大家都長生不死，沒有什麼事情大不了的。一封信，今天送來，明日送至，後天未到，沒甚差別，無人計較。」

美猴王騎上白王，疾馳而去，不一會兒，就消失在地平線上。牠要好好獨處一下。

吳邪說道：「總管需要時間適應天國的生活呢。」

吳正答道：「初到天國，我們還不是天天摩拳擦掌，想要大幹一番。」又道：「總管的意圖還是得尊重。」

吳邪說道：「只好先配合著，再慢慢開導。」

22

在馬背上，美猴王，這位新任的馬場總管，思潮洶湧，怎樣把一千二百匹上選的良駒，匹匹恢復當年的英姿。把一萬頭野牛，整訓成萬眾一心的雄師，牛魔王怎麼做到的？牛魔王激起野牛對人類的同仇敵愾！天馬，一，沒有天敵；二，玉帝並不要求。就這樣把牠們糟蹋掉嗎？……

想到牛魔王，勾引起美猴王的凡思俗情——見到就跳上牠肩膀的袁紅怎麼了？彭猿是不是還認真操演牠的紅猿兵團？李大猴還再作惡夢嗎？和難兄難弟喝酒胡鬧的日子多美妙哪！對了，頭陀，還好吧？怎麼許久沒想到他？……

才隔一天呢，美猴王就有了鄉愁。疾馳的馬步逐漸放緩下來。沉思中，抬頭一看，遠處裊裊升起縷縷青煙；青煙之下屋舍整齊。哦，有百姓呢。

肯定有一個人首先發現，並說，有一位神猴將軍騎著白馬過來巡視。於是一傳十，十傳百，整個村莊的人都湧到路上。還未到達，美猴王便受到列隊迎候。一位年長的老人，一村的村長，站在行列前面。

「神猴將軍，」村長拱手說道：「歡迎到東方一村來巡察。遠來辛苦，先到寒舍洗塵，喝茶罷。」

美猴王趕緊下馬，並拱手向大眾致敬，說道：「我是路過的。看到這兒有人煙，順道過來的。」

群眾大喜，齊聲說道：「那就更受歡迎了。」

美猴王被迎進村長的大宅院。村長姓鄧，叫鄧大老；作陪的有村中五大老：周大老，沈大老，劉大老，尹大老和王大老。在大堂，賓主坐定，寒暄之後，才知道美猴王是剛到天國的小老弟；但是大家並不因此怠慢——不大有來頭的，哪敢初來就單人匹馬，在天國漫遊散步。

自我介紹，美猴王大言不慚，毫不謙虛，從怎樣和哪吒三太子惡鬥，快就要收拾他的時候，被張仙翁叫住，談到怎樣被禮遇，到天國做馬場總

管。牠現在的煩惱是這些千里馬，現在連走十里都成問題。

到了天國，言行舉止，大家都溫良恭儉讓；乍聽到誇張自大的話，村中大老個個臉紅耳赤，不曉得怎樣接下去說話。

突然聽到汪、汪的狗吠聲，美猴王問道：「養狗？防賊，防盜的？」

「盜賊怎可能在天國出沒？」周老說道：「這是玉帝的恩典，闔家昇天，雞犬都跟著呢。」

「鄧老肯定做了極大的善事，才蒙玉帝恩賜，得以雞犬昇天。」美猴王學習說客套話。

「不值得提。不值得提。」鄧老說得極其謙恭。

周老說道：「鄧家懸壺濟世，貴賤貧富都受其惠；難得代代相傳，不違初衷。到鄧老，二十三代了，玉帝特許闔家昇天。」

喔，喔，喔，喔，雞啼聲傳到大堂，賓主不禁莞爾。

有個十歲模樣男童端著一大盤甜桃上來。甜桃色澤鮮艷，甚是碩大。每一個人都拿了一顆，細細品味；只有美猴王吃上嘴，一口氣吃了五顆，頗有詩意地說道：「此桃只應天上有，人間何處去覓尋！」

鄧老說道：「待會兒，多帶一些回馬場吃。」

「剛才那位小弟弟，恐怕到天國才出生的吧？」美猴王像孔夫子一樣事事問。

「在天國，沒有人再能生育。」鄧老回答道：「我們舉家到天國，有五百零二年了。」

「不能生育，人也不能長大嗎？」美猴王問。

「長生不老，」王老說道：「意思就是說，人不能長大成熟，也不能返老還童。有長大就有衰老，有成熟就有凋謝。」

「哈，哈，哈，」劉老笑道：「到天國那一天，我們就長這個樣子；五百年，一千年，都不會有變化。」

大老在大堂說話。孩子們對穿戎裝的猴子好奇，在院子裡走過來又走過去；規規矩矩，不喧譁，不胡鬧，只用眼角向堂內瞄。美猴王離席向他們招呼，他們微笑地睜大眼睛；眼睛一眨一眨地，甚是可愛。

美猴王回席，說道：「子孫繞膝，千年萬年，天倫不移，各位真是好福氣啊！」

沈老答道：「只有鄧老一家，能有這樣的福氣。」指著王老，說道：「王老和我，只帶老伴來。」

尹老說：「我帶長男來。」指著周老，說道：「他帶一男一女。」

劉老說：「我和兩位結拜兄弟一起來。」

美猴王滿臉迷惑，問道：「不把家人朋友全帶到天國，肯定有什麼苦衷，對嗎？」

美猴王這句對玉帝不恭敬的話，一時煞住諸老，不曉得如何應答。

「玉帝的安排，意思深遠，肯定有我們參不透的考量。」尹老說道：「我和兒子日日悠遊天國山水，樂不思鄉呢。」

沈老說：「往北走，大約一百里，有一個村子，叫北方二村，住的都是孤男；往西走，也大約一百里，西方五村，住的都是寡女。不像我們，他們都是單身到天國的。生活天國，孤男、寡女人人都樂在其中呢。」

擔心這隻不懂事的猴子又吐出什麼大不敬的話，大老都靜下來，沉默不語。美猴王又吃了兩棵甜桃，才大刺刺地告辭，說道：「改天再會！」

臨行，鄧老送了牠一簍子甜桃。美猴王絲毫都察覺不出牠不再受歡迎；也沒有留意到，沒有人邀請牠再來。

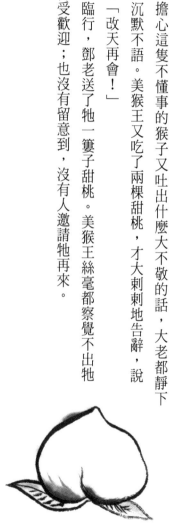

23

休息了好一陣子，白馬應該恢復了體力，

美猴王還是體貼地問道：「跑回馬場吧？」

白王說道：「許久沒跑這麼長路，恐怕得一步一步挨著走。」白馬的四條腿僵僵硬硬，看來連走路都有困難。

「好罷，到湖濱看落霞。」美猴王說。

湖畔，碧草如茵，美猴王仰躺著，白王斜臥著。黃昏來臨，天邊浮起一朵一朵彩雲，紅橙黃綠藍靛紫，分化交錯；間有煙花噴開，星雨傾瀉……從未見過這麼多變的暮色，美猴王一時驚奇不已。白王呢，牠已經見慣不怪。

白王不停地以鼻子摩觸竹簍子。哦，牠也想吃甜桃呢。美猴王撕開竹簍子，說道：「愛吃多少就吃多少吧！」自已也隨手取一顆往嘴裡送。

入口生津，整簍子的桃子一下子就被吃掉大半，白王舔舔嘴巴，立起身

子，說道：「行了，走吧。」

美猴王剛騎上馬，白王就往前奔；不一會兒，馬場遙遙在望。

傍晚，吳正、吳邪兄弟還不見總管歸來，心裡異常著急；走失總管，肯定會被追究。剛到天國，人生地不熟，能到哪兒去呢？正打算動身尋找，就在前方，他們見到一顆逐漸變大的小黑點，靠近了，大喜，不是總管又是誰呢！

一邊吳正把白王牽回馬廄。一邊，美猴王叫吳邪通知騎兵隊隊長、副隊長到馬場大堂來。一張大桌子，伙伕備上茶杯，燒好清茗；每個人分到兩顆甜桃。

坐定之後，美猴王說道：「先吃桃子，再講話。」

這是農人種的桃子，有什麼好稀奇的，春末夏初，到處都是，總管葫蘆裡到底打什麼主意？四個人，邊吃邊猜。只有美猴王興奮不已，吃完兩顆桃子，見旁人一顆吃不到一半，於是說道：「你們慢慢吃，我一邊講。」

總管一開口，大家都把未吃完的桃子放下，聽牠講話。

美猴王說道：「副總管說過，我們馬場的馬，匹匹都是千里馬，現在呢，連百里馬都不是。」

吳正、吳邪互相對望著，不知道怎樣搭腔。

美猴王繼續說道：「玉帝既然叫我來做總管，就是要我盡心整頓。」

大家還是沉默不語。美猴王又說道：「一千二百四馬，我要好好鍛鍊，匹匹都回復原來的模樣，匹匹都是千里馬。」

吳正說道：「總管肯定成竹在胸。」

「不錯。」美猴王說道：「但是要各位配合。」

吳正、吳邪和騎兵隊隊長、副隊長四人站起來同聲回道：「願聽總管指示。」

美猴王說道：「明天，就把馬廄分開，白馬一區，黑馬一區，棕馬一區。為了訓練方便，區區之間儘可能隔遠一些。」

美猴王又說道：「四百匹白馬，由吳正負責督訓。四百匹黑馬，由蔣隊長負責。四百匹棕馬，則由周副隊長負責。」

吳邪笑道：「我負責為總管搬椅子，泡茶。」

美猴王正色說道：「放心，我不會讓你閒著。」

周副隊長問道：「騎兵總共只有二十名，不吃不睡，也無法天天騎遍。總管已有妙算？」

美猴王說道：「正副隊長之外，尚有十八名騎兵，各區分到六名。各區另分配有十名伙伕……」

話未說完，吳正插嘴道：「總管，伙伕都不善騎馬呢。」

「我知道。」美猴王說道：「馬不能說人話，但聽懂人話，對嗎？」

「對，對，」蔣隊長說道：「天馬都極有靈性；不僅能察言觀色，而且善體人意。」

「就是這個意思。」美猴王說道：「人力不夠，就讓天馬自己約束自己，自己管理自己。」

美猴王又說道：「我已經選了白王，另外再選黑王、棕王做各區隊的馬王。每區隊有四百匹馬；一百匹一中隊，一中隊選一名馬將軍。」

「我懂了。」吳正說道：「總管要馬王、馬將軍自行操練。我、隊長、副隊長只在旁督導？」

「副總管總算明白我的心思。」美猴王又道：「天馬都有榮譽心。讓馬中隊和馬中隊之間，馬區隊和馬區隊之間，相互競爭——十里競跑，百里競跑，千里競跑，萬里競跑；過不了多久，天馬體力一定大大增強。」

經過這麼一番說明，大家更加感到玉帝神聖英明——總管虛置千年，不是沒有道理的；那是要等待適當的人選出現。

美猴王說道：「榮譽心之外，能在競賽中另給予獎賞，效果更棒。」對著吳邪說道：「獎品就由你提供。」

吳邪疑惑地張大眼睛，問道：「總管要我製作獎章、獎狀、獎金、彩帶嗎？」

「不必這麼費工費事。」美猴王說道：「剛剛大家吃的桃子，你多準備一些。天馬愛吃甜桃。」

吳邪面有難色，說道：「農人種桃樹，結了果實，自己吃，不拿來賣的。」

美猴王說道：「告訴農人，說，桃子是給玉帝的天馬吃的。」

吳邪堅決反對，說道：「引起民怨，大罪一條，沒有人敢這樣做！」

美猴王不耐煩，說道：「要去搶，要去偷，要去乞討，隨你。每天我都要看到一簍子，一簍子的桃子。」

吳邪苦笑地說道：「天國不允許有強盜，也不允許有小偷，做乞丐好像還不犯法。」

24

訓練進行得比預想中順利。

榮譽感驅動天馬，也驅動馬場人員，都不願意己方在競賽中失掉榮耀。每匹天馬，肌肉更結實了，跑得更快了，也跑得更遠了；馬場人員的笑容也更燦爛了。吳邪也有尊嚴的取得甜桃：農人們知道天馬愛吃甜桃，紛紛慷慨捐輸。吳邪後來還發現天馬同樣喜愛蜜李、水梨、葡萄等水果。

可是，幾個月下來，美猴王卻越來越落寞。牠走遍附近的村莊，見到各類天國居民；人人都言辭謹慎，和顏悅色，彬彬有禮。這些恭順而單調的男男女女，讓美猴王深感厭惡，日深一日。牠渴望見到粗魯的舉止，聽到放肆的笑聲。

美猴王經常獨來獨往。有一天，清晨，美猴王躺在草原的斜坡上，仰望著蔚藍的天空——怎麼天空也那麼呆板無趣，令人生厭，來一場暴風雨吧！胡思亂想間，吳邪悄悄靠近，仰躺在美猴王身邊。

「總管，害思鄉病了？」

「哦。」

「初到天國，離鄉背井，總是想家嘛。」吳邪總是自以為是。

「是嗎？」

「初到天國，掛念子女，掛念老婆，掛念老爸，掛念老媽，我每晚都睡不著。」

「回家看過他們嗎？」

「進天國難，出天國更難。」

「哦？到了天國就不准回家啦？」

「犯一個過錯，或者懷著一個壞念頭，你就可以出國。」

「這容易嘛！」

「別天真了。」吳邪笑著說：「上手銬腳鐐，押著到南天門，天兵把你推出門外；那時候，你就不會想要出國了。」

「那樣不是把人活活摔死嗎？」

「摔死算你命好。」

「哦？」

「你可能投胎母豬，生下，被養大，讓人宰來吃。」

「為什麼不投胎母老虎呢？老虎吃人哪。」

「這由不得你。投胎到哪裡，被推出南天門之前就注定。」

「換句話說，到天國休想再回家。」

「沒錯。就是這樣。」

「到天國，有多久了？」美猴王換個話題。

「再過一個月，就一千零五年了。」

「天國風光綺麗，應該各地都走透透？」

「不好意思，我哪兒都沒去。」吳邪說道：「如果總管不叫我下鄉採果子，連附近農莊，我都不會想去。」

「哦，為什麼？」

「出門，難免和人打交道；和人打交道，就難免講錯話，做錯事。我可不願意被押著出南天門，投胎母雞、母狗、母牛。」

「見過玉帝沒？」

「玉帝住在禁城裡。不是我們養馬的人能隨便見到的。」

「神兵、神將總見過吧？」

「我們馬場的騎兵就是神兵。我沒見過比騎兵隊隊長位階更高的神將。」

「這麼說，我這總管也是不入流的小官？」

「勉勉強強啦。」

言多必失。吳邪一直怕講錯話。他料想不到，就是最後那句話，叫美猴王下定決心。

25

隔天，美猴王照常主持了馬場的晨訓儀式。

之後，牠召見了兩位副主管和兩位騎兵隊正副隊長。

牠要求他們，在牠外出期間，天馬的集訓工作不能中止或變

樣。他們保證一切照樣進行，要牠好好放心旅遊。

他們一轉身離開，美猴王翻一個觔斗就到了南天門。南天門是天國通往外界的關口。一般居民都避而遠之。今天，南天門和往常一樣，冷冷清清，寂寂靜靜。牠見到一位極為英挺的將軍，肩上荷著釘鈀，在關口來回踱著方步。

這位將軍，就是天蓬元帥，今早輪到他值班。他見到一隻猴子，穿著戎裝，大模大樣靠近過來，立刻擋住，說道：「出關令！」

「什麼？」美猴王問道：「什麼出關令？」

「沒有出關令，休想出這道門。」

「天國不能來去自由？」

「哈，哈，」天蓬元帥冷笑道：「哈，哈，仙猴思凡呢！」

美猴王從耳根取出金箍棒，說道：「出關令在此！」金箍棒迎風變長、變粗。

「硬闖？」天蓬元帥大笑道：「哈，哈，哈，接過我大元帥三招，就能天國來去自由！」

「說話算話？」

「本帥不講誑語。」一邊說話，一邊天蓬元帥舉起釘

鈀，照頂砸下。

天蓬元帥不只外表挺拔英俊，武功也非同凡神；一把釘鈀，上砸下刺，左掃右拉，招招致命。美猴王見招拆招，沉著應戰。大約過了半個時辰，美猴王舉棒架住釘鈀，說道：「不只三招，是有三百招了罷？」

「別嚕唆。」天蓬元帥說道：「一招還未使完呢！」嘴巴說話，釘鈀不停歇。

「天國也有賴皮將軍！」美猴王心裡想著，手中金箍棒舞得更緊。這下，天蓬元帥明顯屈居下風啦；左支右絀之際，斜眼瞥見支援的九大將軍趕到，於是往後退了一步，狡黠地笑道：「仙猴，難得，難得，三招已過，去吧！」

美猴王正想跳出南天門，九大將軍一起攔住，舉起各自的兵器，齊聲說道：「元帥讓你走，可惜我等手中傢伙卻不肯呢！」

美猴王二話不說，金箍棒從九大將軍頭上掃過一圈，又從腳下掠過一遍，迅捷如電。九大將軍都嚇了一跳，各往後退了一大步。

九大將軍圍住美猴王，從容地擺出九陽陣法。看守南天門是極無聊的例行公事，既不能睡覺打混，也不能喝茶扯淡，戎裝筆挺，要幹什麼呢？九大將軍於是練就了九陽陣法。他們從未真正對敵過；今天有機會臨場操演，都大為興奮。

比試了幾下，美猴王馬上明瞭，這將是一場辛苦的戰鬥——九大將軍個個武藝高強，既使一對一，也不容易立時取得上風，何況一對九。同理，九大將軍也都認為，要收拾這隻來歷不明的猴子，不是隨意晃兩趟就可辦到。雙方都停下來，相互對峙，目不轉睛，注視著對方可能出現的破綻。高手的破綻是稍縱即逝的。

在上一輪的互擊中，美猴王約略知道九陽陣法的奇巧之處；要熟悉其中奧妙，肯定得進行另一次的挑戰。意念剛啟動，並未動手，突然下方有長槍、長矛、鐵杵和大扑刀襲來；上方有雙刀、雙錘、雙斧和長棍當頭砸落；攔腰有捆仙索飄揚，有若銀練。美猴王雖然驚險地一一躲過，但是九大將軍卻取得了戰鬥的主動地位。

九大將軍一點都不讓美猴王有喘息的機會——攻擊，一輪緊跟一輪；包圍圈，一圈緊過一圈。美猴王只能招架，無從反擊。憑著旺盛的意志，和敏捷的反應，美猴王奮勇戰鬥——牠知道，這不只是體力和技巧的比

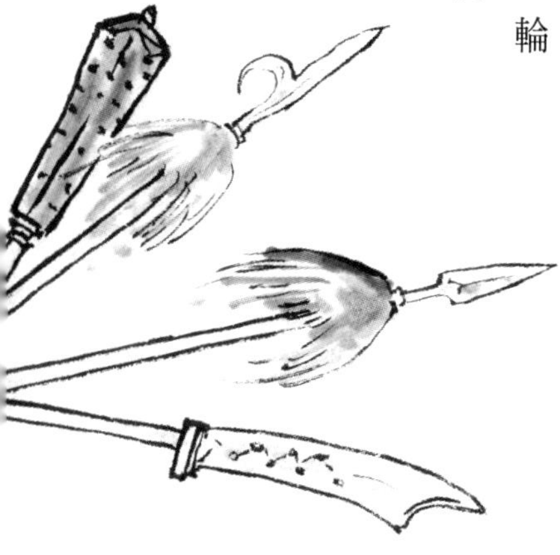

拼，也是耐心的競賽。牠一邊周旋，一邊等待對方露出空隙。

這場戰鬥，從上午持續到午後，雙方都未顯現疲態。下一班輪值的天增元帥，和他屬下的另一組九大將軍，也來到場邊觀戰。「如果他們也加入戰鬥，那就棘手了……」美猴王心裡有一絲絲焦慮——不好！就那麼一點點分心，美猴王就被捆仙索纏住；在緊要關頭，九大將軍中的捲簾將軍居然也犯錯，他的鐵杵撥開了捆仙索。就那麼一剎那，美猴王突圍而出。

輪值的天增元帥和天蓬元帥目瞪口呆。參戰的九大將軍和觀戰的九大將軍，驚惶失措。越界追捕，同樣也是需要事前取得許可。他們不得不徒呼呵呵。

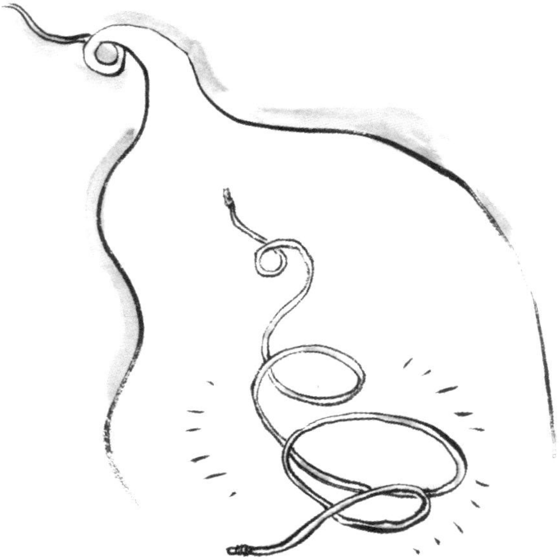

26

衝出九陽陣，美猴王並未落荒而逃；

離南天門不遠處，靜待更激烈的戰鬥，牠坐下來冥思。傍晚，未見天兵天將追來，鬆了一口氣，牠才翻一個觔斗，躍回地界。

飛臨花果山，一時心血來潮，美猴王決定先不回水濂洞，而去拜訪牛魔王。到了天山大草原，暮色已深。

獲知美猴王來訪，牛魔王和鐵扇公主高興地都到大門口迎接。對天國好奇，他們都想從美猴王口中聽到新奇、新鮮的事物。坐定之後，侍僕奉上新釀的葡萄酒。美猴王啜了一口，就擱下杯子。

「哦，」鐵扇公主說道；「這是你最愛喝的呀！」

搖搖頭，美猴王笑著說：「回來匆促，我忘了帶一瓶天上的美酒來，讓你們也嚐一嚐。」

牛魔王說道：「那一定芬芳醇厚，未飲先醉。」

「確實如此。」美猴王說。

「那你以後就難侍候啦！」鐵扇公主說道：「地上的東西肯定樣樣比不上天上的。」

金扇公主從內室出來——剛從蒙古草原過來，風塵僕僕，沐過浴，換上便裝，垂下頭髮——也是美女一位呢！

美猴王趕緊站起來，拱手致意，問道：「怎麼有空過來？」

金扇公主說道：「我來要回兩名黑壯士。」接著問道：「在天國，做什麼官？做什麼事？」

「養馬。我做馬總管。」

「我以為你做什麼大將軍呢！」牛魔王說道：「玉帝未免太欺負人吧？」

「我愛馬。」美猴王說道：「我不在乎做養馬官。」

「那你是請假回來的？」

美猴王沉默不語，好似沒聽到鐵扇公主說話。

「那什麼時候回天上？」鐵扇公主又問。

「我回不了啦。」美猴王沉重地說。又說道：「我是打出來的。」閉起眼睛，連續幾個時辰的戰鬥，猶歷歷在目，於是簡要地把南天門之戰敘述了一番。

「這樣做，你不認為有損天威？」金扇公主語重心長地說道：「玉帝恐怕正在調兵遣將呢……」

不待她說完，美猴王握緊拳頭，重重地捶在石桌上，堅定地說道：「再戰個七天七夜吧！」

金扇公主目視著美猴王，直覺牠前景可悲，同情地說道：「有什麼差遣，儘管吩咐吧！」

在雲端上，送別美猴王，牛魔王說道：「玉帝欺人太甚。今後我們就不歸他管。」拍著美猴王的肩膀，又說道：「我叫平天大聖，你叫齊天大聖，和玉帝平起平坐，如何？」

美猴王哈哈大笑。

27

連日來，除了猿猴之外，花果山森林裡的飛禽走獸，都紛紛到水濂洞拜見，一方面也來聽取天國新聞。戰鬥沒讓美猴王疲憊，倒是迎來送往把牠累倒。

故鄉並不如思念中那麼甜美——天國的居民謙恭有禮，久了才叫人膩煩；地上的同類，粗野鄙陋，一天就叫你難受。回到花果山，睡，睡，睡不安穩；吃，吃，吃不出滋味，美猴王開始懷念天國了。

見到美猴王悶悶不樂，一早，袁紅和彭猿都知趣地藉故離開，把水濂洞留給牠獨處。天南地北胡思亂想間，彭猿跑進來，問道：「張仙翁來訪，不知道大聖見也不見？」

美猴王精神來了，連忙說道：「見，見！」

衝出水濂洞，想一把摟住張仙翁，但是見了面，還是維持應有的矜持，美猴王笑著問道：「仙翁是來下戰書的？」

「豈敢，豈敢！」張仙翁客氣地說。

進入水濂洞，張仙翁東張西望，看石壁上刻滿孔夫子語錄，頗覺新奇，問道：「大聖也讀四書五經？」

美猴王不作答，反問道：「仙翁怎麼也稱呼我大聖？」

「花果山漫山遍野，旌旗蔽日，齊天大聖，四處可見。難道齊天大聖另有其人？」

美猴王大笑，說道：「貽笑大方，貽笑大方！」

「趕緊取下，」張仙翁說道：「大聖豈可隨意稱呼的？」

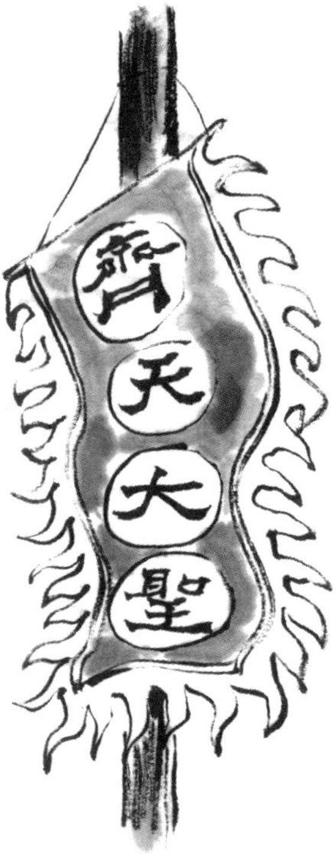

「哦？」美猴王問道：

「不取下，難道要殺我頭？」

「未經許可，擅下南天門，人人都要殺你的頭，難道還不明白？」

「天蓬元帥親口允諾，能接他三招，天國可來去自由。

他矢口否認？」

「我也以此為你說話。」張仙翁又說道：「天蓬元帥已為失言關進天牢。」

「真遺憾。」

「玉帝給你補過的機會……」

聽到補過，美猴王火大，大聲問道：「我要補過？」

「對，補過，現在就跟我走。」張仙翁說道：「誠摯地向玉帝謝罪；回到馬場，把天馬養壯，養精。」

美猴王愛聽好聽話，愛被戴高帽子，美言奉承，牠哪在乎官大官小，做馬場總管也挺好嘛。張仙翁一席改過自新的話，惹惱了牠。

「做不到。」美猴王堅決地說道：「除非封我大聖，絕不回天國。」

事情弄僵了。深知這隻猴子個性倔強，張仙翁不再費口舌，匆匆告別而去。回去如何面見玉帝呢？他不能多想。舌戰鷹派將軍，獲得玉帝支持，才獲得赦免的猴子，竟然如此任性，難以理解呀，難以理解！回天國的途中，張仙翁一直搖頭。

在御書房，玉皇大帝接見了張仙翁。張仙翁偏愛美猴王；為了保護牠，常常強詞奪理；自己清楚，大家明白。走這一趟，讓他深痛，苦心白費。於是坦直地說道：「這隻猴子，不封牠齊天大聖，不回來呢。」

玉皇大帝微笑地說道：「張仙翁，麻煩再走一趟，叫牠回來吧！」

無邊的智慧，無邊的仁慈，在微笑中，顯露無遺。張仙翁一步一思索，重又走下了南天門。

美猴王終於如願以償，做了齊天大聖——這可不是自封的，而是天上的爵位。牠有了官邸，就在禁城不遠之處；左鄰張仙翁，右舍太上老君。官邸設有內務官兩名，為牠處理內外大小瑣事；有男傭女僕各四人，為牠煮茶備果，栽植打掃。

剛送走一批貴賓，在等候下一批貴客來臨之前，大聖脫下鞋子，赤腳翹到案上，雙手背在腦後。心曠神怡，志得意滿，寫在臉上。

貴客到了，不是別人——原來是九大將軍，南天門之戰的對手。現在個個都成為官邸的常客。這天，九大將軍身著戎裝，約齊一道來，都帶著各自的兵器。這是大聖的主意。大聖要重溫南天門之戰。

就在官邸外的大院子，九大將軍擺好九陽陣陣勢，大聖跳進陣中，九陽陣立即啟動，惡鬥於焉開始。上一次戰鬥中，九大將軍覺得遺憾，該贏未贏；大聖呢，自覺僥幸，未憑本事。這一回，起初雙方還有保留，激戰之後，就毫不留情，互不相讓。九陽陣氣勢磅礴，攻擊，那是排山倒海；防守，潑水難進。大聖舉起金箍捧，也是氣派非凡，或點或撥，或掃或敲，有若行雲流水。

戰鬥中的呼喝聲，兵器的交擊聲，讓附近鄰居深感困擾，紛紛關起門戶。大聖的記憶力極好，上次戰鬥，從交手到突圍，前後過程，其中細節，都記得清清楚楚。因此，這一次，費不了多少功夫，就摸熟竅門——虛實對調一下，抗禦略有不同，九陽陣就會出現短暫的防衛空隙；能掌握那極短暫的空隙，就能脫困而出。

對陣了好幾回，九陽陣一次比一次更難困住大聖。最後九大將軍不由得不擱下兵器，大為佩服。

「上回，不撥開綑仙索，肯定被拿住，故意的嗎？」大聖私下問捲簾將軍。

「不，」捲簾將軍回答道：「那時候，我不以為你那麼容易被擒。」

28

前一天，大聖巡視了馬場，

在那裡，受到熱烈的歡呼：天馬狂嘶高叫，人們笑口相迎。大聖見人，點頭拍肩；見馬，摸頭撫背；洋洋得意，頗似衣錦還鄉。臨走，吳邪送牠一大簍子甜桃。分一半給張仙翁，今天，大聖親自攜上門。被引進屋子，見太上老君在座，大聖趕緊趨前施禮問候。

張仙翁、太上老君是大聖的左右鄰居。大聖的一舉一動，都溜不出他們眼底。

太上老君問道：「最近怎麼不見大聖在院子裡施拳弄棒？」

大聖回道：「人多，院子窄，我們都約在城外空曠處。」

張仙翁笑道：「天國的元帥、將軍應該個個認得？」

「差不多了，」大聖也笑道：「承他們瞧得起，都叫我大哥。其實，在這兒，我是小老弟呢！」

太上老君說道：「功夫高的，叫大哥；功夫差的，就是小弟。江湖、武林，莫不如此。」

太上老君又說道：「據說，你愛讀四書五經？」

「我從《孔夫子語錄》認識漢字。」大聖慚愧地說道：「至於其中道理，我是矇矇不懂。」

「惋惜呀。」太上老君說道：「武道，一日不練，難免生疏。書，一日不讀啊，人會變蠢呢！」

武道不可一日不練，大聖同意；書一天不讀怎會變蠢？天兵天將沒有一個讀書的。大聖默默不語。

張仙翁說道：「找一位大師，教大聖讀書，如何？」

「哦！」大聖發愣了一下，馬上會意過來，說道：「太上老君不肯收笨學生吧？」

太上老君笑著說道：「笨老師最喜歡笨學生。」

張仙翁大喜，說道：「事不宜遲，就從明日起，太上老君教大聖讀書。」

武林，師父收徒弟有一定嚴格的規矩；讀書，也該如此罷？大聖沒有把握；反正禮多人不怪，正要行磕頭跪拜之禮，太上老君立即扶住，說道：「彼此切磋，互相琢磨罷。」

有一次，玉皇大帝在閒談中，輕描淡寫地問了一句話：「這隻猴子讀不讀書？」張仙翁一直記在心上；他多次和太上老君提這件事，終於促成了今天的師生關係。

在太上老君的書房裡，只有一張扶椅，一張木桌；這天，臨時加上一張椅子。木桌上整整齊齊疊了一大堆線裝書——同一本書，《道德經》，太上老君頗為自滿的著作——太上老君取了一本遞給齊天大聖，說道：「只有五千字，背熟了，講給你聽。」

「不懂意義，怎麼背？」大聖問。

「背順了自然懂。」太上老君說。

翻著書，大聖皺著眉頭，問道：「五千個字，從起頭到尾巴沒有一個逗點、一個句點呢！」

「流水有逗點、句點嗎？」

大聖覺得太上老君說得有理，於是把書收在脅下。這時從窗外飄進一股幽香，像肉桂沒有那麼辛辣，像薄荷沒有那麼清冽，像百合沒有……從未聞過，大聖於是問道：「那是什麼香味？」

「如意金丹。」太上老君微笑地說道：「《道德經》不算什麼，這才是我的畢生得意之作。」

「哦？」

「再過九十七天就可出爐。」

「是不是如我這根棒子，」從耳根取出金箍棒，變長變短，變粗變細，把玩了一遍，大聖問道：「如意金丹，要圓要方，要大要小，也可隨興？」

「那不一樣。全然兩回事。」太上老君說道：「如意金丹吃了一粒，要智慧有智慧；要愚昧，不致變聰明。」

太上老君又說道：「要安寧，能安寧；要騷擾，肯定叫你心浮氣躁。」

大聖問道：「要胖要瘦，要高要矮，也能盡如人意？」

「自然。」太上老君說道：「吃了，要增胖，變瘦，要長高，變矮，可自行決定。」

「要生要死，也能自作主意？」

「沒錯。」太上老君說道：「吃了，要活，死不了；要死，活不了。」

「胡裡胡塗吞下去呢？」

「胡裡胡塗活著。」太上老君說道：「自己沒有主張，誰給他吃，他就永遠忠於這個人，離不開這個人。」

「太神奇了。」大聖說道：「老師，先教我煉製如意金丹吧。《道德經》不妨晚一點讀。」

「不行，」太上老君說道：「先把《道德經》讀流利了，再看你有沒有造化。」

現在，天底下，沒有人會比太上老君更讓齊天大聖敬服的啦。大聖要勤勉用功，把《道德經》早日背熟，贏得太上老君的青睞；取得煉製如意金丹的祕訣。

29

讀了一行，就難以唸下去，

齊天大聖覺得《道德經》像字謎、又像繞口令，講什麼呀？他無從猜，更無從理解；他無法想像其中有什麼微言大義。不過，他認為這是一本好書，極好的催眠書。每當他興奮過度，難以自已的時候，拿起書，一定能平靜下來，終於沉沉入睡。既然不讀《道德經》，那就別想那個如意金丹。

今日東遊，明日西蕩，雲來雲去，齊天大聖依舊過著逍遙自在的天國生活。天國來了不遵常規、隨和風趣，又頗受玉帝寵愛的猴子，文官武將、騷人墨客對他都另眼看待，競相交結；三日一聚，五日一會，搞得大聖忘乎所以。

看在眼裡，痛在心中，張仙翁明白大聖如不藉讀書以自歛，遲早出事賈禍；連玉帝都無由偏袒。剛好，管理蟠桃園的土地公拜託他，推薦一位能幹大員來園坐鎮。蟠桃成熟時期，雨量、風量、肥料略有不當，品質就受影響；而雨神、風神、雷神個個都是粗心大意的傢伙，不有大員坐鎮，不易要求。

齊天大聖人緣甚好，各方關係又夠，似乎是個好人選；把牠約束在蟠桃園，不讓牠隨處走動，平日無所事事，不是能叫牠沉下心，認真讀書嗎？

玉皇大帝允准了張仙翁的安排，說道：「難得這隻六歲不滿的猴子，」微笑地，繼續說道：「能讓老君教牠讀《道德經》，又能讓仙翁叫牠管蟠桃園。」

顯然言外有意；張仙翁絕頂聰明也有糊塗的時候。

齊天大聖愛吃桃子；要他坐鎮蟠桃園，那是求之不得；不等文書下達，就動身赴任。蟠桃園土地公見調來的竟然是個猴子，甚感驚訝。

巡視果園，大聖問道：「這土地種有多少棵桃樹？」

「三千六百棵。」土地公答。

「不少呢！收成時肯定需要許多人手。」

「現有人手儘夠。」

「哦！」

「七百多年來，到今年才那麼幾棵有熟桃。」

「熟桃並非年年都有？我不明白。」

「三千六百棵，前面、中間、後面各一千二百棵。前面的，三千年一熟；中間的，六千年一熟；後面的九千年一熟。」

「那麼今年有幾棵桃樹可採果子的？」

「前面的有十九棵，我們站的這個地方有九棵，後頭的有三棵。」

「如此稀罕，吃起來滋味如何？」

「風味一等一，那還是其次。」土地公說道：「三千年一熟的，人吃了，體健身輕；六千年一熟的，人吃了，長生不老；九千年一熟的，人吃了，與天地齊壽，日月同庚。」

到了天國，大聖首次想起地界的難兄難弟，還有那些嘍囉們：「得想個法子弄點回去給他們吃。」

土地公見到大聖不懷好意的表情，說道：「怕鋤草園丁、運水園丁偷吃，每一棵桃樹都有天兵看著呢！」

一眼望去，果然有成熟蟠桃的果樹下，都有兩名天兵站崗，園區還有天兵巡邏隊往來走動。

大聖不高興地說道：「既然有天兵看守，那叫我大聖在此幹嘛？」

「有大大作為呢！」土地公指著園子門口，說道：「看，雨神、風神和雷神都趕來謁見大聖。」

雨神、風神和雷神畢恭畢敬地站在大聖面前。土地公逐一為大聖引見。

大聖問道：「有什麼需要我大聖效勞的，儘管說吧。」

土地公趕緊說道：「他們是來聽大聖指示的。」

「是嗎？」對著土地公說道：「就替我說話吧。」

土地公說道：「等桃子成熟了，王母娘娘要做蟠桃勝會。這幾個月，務請各位格外費心。」對著雨神說道：「每日清晨、傍晚各下一次小雨，每次十萬一千五百二十一滴；一滴不多，一滴不少。」

雨神點頭會意。大聖質疑道：「為何要如此精細？」

「大聖有所不知。」土地公答道：「仙桃精緻，多一滴水，少一滴水，酸甜、脆軟，都有不同。」

大聖說道：「雨神，聽好喔，多一滴打一個手心，兩滴兩個；少了也一樣。」

土地公對著風神說道：「整天吹微風，白天、黑夜，一直吹，不能停；讓桃葉飄動，不許桃枝搖擺。」

大聖問道：「又作怪啦？」

土地公說道：「風大，乾了果肉；風小，濕了果皮。」

大聖說道：「聽好，風大了，打屁股；風小了，也打屁股。」

土地公對著雷神說道：「配合雨神，早晚施兩次肥；一次五斤三兩。」

大聖說道：「留意了沒，雷神，多了，少了，小心腦袋。」

雷神緊張地說道：「大聖要砍我的頭？」

大聖笑著答道：「大聖要敲你的頭！」

說罷，大聖就要出外雲遊；土地公連忙止住，說道：「大聖務必留此坐鎮，一刻不離。不見大聖在園子，他們肯定又馬虎隨便。」

30

齊天大聖倒是盡心盡職；

吃、住、休息都在園裡。按時約見風神、雨神和雷神；由於盯緊了，他們不敢打馬虎眼，自然能照要求的去做。一切都順利，蟠桃果色越來越嬌豔，看看就要完全成熟。大聖很高興，他就要恢復和過去一樣，天天過著呼朋引伴，樂哉悠哉的日子。唯一愧對張仙翁的就是《道德經》從未讀過第二行。

暮春時節，天氣轉暖，特別引人入睡，尤其手握《道德經》的時候。一天，午覺剛醒，睡眼惺忪，大聖口乾舌燥，伸手抓頭上的蟠桃；還未碰著，手就被拿住，守護的天兵大聲叫道：「除七衣仙子之外，任何人皆不得私採蟠桃。」

齊天大聖從未被呼喝過，不禁惱羞成怒，怒道：「這哪是私採？我，園長不能試吃？」

另一名守護天兵，執起長矛，擋在桃樹前，說道：「園長、園丁皆無例外。」

大聖高聲喊道：「我是齊天大聖……」

爭執的嚷嚷聲，驚動了巡邏天兵，也吵醒了午休的土地公，都急急忙忙衝過來。土地公拉著大聖的手臂，說道：「遲早都吃得，何不堂堂正正在蟠桃勝會上吃？」

大聖問道：「蟠桃勝會邀請我？」

土地公說道：「大聖受重玉帝，人人皆知；不邀請大聖，邀請誰呀？」

回嗔為喜，大聖說道：「看在土地公面子上，今且不吃。」

一場風波終於平息下來。

輕聲軟語，由遠而近，大聖問道：「哪來的娃兒？」

「王母娘娘的七衣仙子。」土地公答道：「她們來看桃果的。」

七衣仙子飄然而至。她們是王母娘娘的貼身侍女：紅衣仙子，紫衣仙子、素衣仙

子、青衣仙子、黑衣仙子、黃衣仙子和綠衣仙子。為首的紅衣仙子，款步盈盈，言語溫柔，向大聖和土地公施禮，說道：「王母娘娘叫我們來數有多少熟桃可用。七天後來摘。」

「再過兩天，就可採收。」土地公恭敬地說道：「不必麻煩仙子計數；哪一棵樹有多少熟桃，多少青果，全詳列在清單上。」

大聖問道：「蟠桃勝會是否最近就要建會？」

紅衣仙子答道：「再過八天。」

大聖怕被漏請，趕緊問道：「有沒有邀請我齊天大聖？」

土地公說道：「大聖，天國紅猴，豈有不被邀請之理！」

「我沒有把握。」紅衣仙子說道：「請帖是按照上會的規矩發出的。」

紅衣仙子又說道：「還未收到請帖的，肯定就未在邀請之列。」

大聖急切地想知道是否受到蟠桃勝會邀請，不等七衣仙子走遠，就對土地公說道：「我回官邸一趟，取來請帖。」

「叫人去取罷，何勞大聖親往？」

「我去去就回。」

見大聖堅持，只得由牠。土地公留在園中，東看西瞧，散步了一會兒；大聖果然快去快回。土地公並未發覺，大聖是黯然而回。

「只差兩天，桃子就成熟。」大聖向土地公告辭，說道：「在不在都一樣，我這就走了。」

「不行，不行，」土地公著急了，說道：「雨神，風神和雷神見大聖不在，怎知道不故態復萌，隨隨便便撒一下雨，吹一下風，施一點肥，就收工？只差那麼一天就足夠讓好桃變爛桃呢。」

「告訴他們，如果敢胡來亂搞，大聖不是打他手心，是剁他手；不是打他屁股，是打爛他屁股；不是敲他的頭，是砍他的頭。」

「做事有始有終嘛！」土地公勉力挽留，說道：「再過七天，熟果採完，園裡辦惜別會，大大方方走，不是挺漂亮嗎？」

「守桃子而不能吃桃子，我算老幾？」大聖終於說出心底話。

哦，原來大聖未收到請帖，心裡難堪。土地公無從勸解；一俟大聖離去，急使人知會張仙翁。

爬上雲端，何去何從，齊天大聖感到茫然。人人歡迎牠，人人崇拜牠——

以往，牠從不懷疑；現在，沒有自信了。想起笑容可掬的那些天國朋友，現在都覺得面目可憎，偽善無情。何去何從呢？

「大聖！」背後有人叫牠，回過頭看，哦，是捲簾將軍。

「大聖為何雲上踽踽獨行？」

「我忽然不曉得往哪裡走才對。」

「沒事嗎？」捲簾將軍說道：「那就跟我走吧！」

「到哪兒去？」

「見天蓬元帥去。」

「他不是坐牢嗎？」

「對，到天牢去見他。」

31

天蓬元帥的牢房，除了臥室之外，還有客廳、廚房和洗浴間。這不是因為他做了大元帥才有的待遇。每個牢房都一個樣。不愛到處走動的人，愛獨處的人，**坐天牢好像不是一件壞事。**

齊天大聖和捲簾將軍坐定後，天蓬元帥才從臥室出來。哦，衣著整齊，儀態從容，不愧天國第一美男子。

見到大聖，天蓬元帥驚訝地問道：「怎麼跑回天國啦？仙猴，我以為你在地界自在逍遙呢！」

「張仙翁敦請回來的。」捲簾將軍說道：「大帥，現在不叫牠仙猴，叫牠齊天大聖。」

「傻瓜，」天蓬元帥不客氣地說道：「虛銜就能把你騙回？」

大聖頗為尷尬；見到案上也有一本《道德經》，於是轉個話題，問道：

「太上老君也教大帥讀書嗎？」

拿起《道德經》，天蓬元帥說道：「每個牢房都有一本。」把書擲回桌上，又說道：「整本書都是胡說八道！」

「怎麼說呢？」大聖問。

「蓋大房子，不是給自己住；種稻種麥不是給自己吃。」天蓬元帥反問道：「這不是胡說嗎？」

「叫人不要逞強，說什麼，鋼柱容易折斷，而人永遠切不斷水流。」天蓬元帥說道：「比喻不倫不類嘛！」

捲簾將軍對這個話題毫無興趣。大聖較有反應，問道：「這？我不懂。」

「你看過誰把鋼柱折斷過？水要矩，要圓，要稜，要三角，三歲小孩子取來容器，輕易就可以做到嘛。不對嗎？」天蓬元帥不屑地說道：「不談這本爛書！」

天蓬元帥突然想到一件事，一件極嚴重的事，注視著大聖，問道：「老君給你吃綠丸子啦？」

「綠丸子？未曾吃過。」

「那就好，那就好。幸虧沒吃。」天蓬元帥鬆了一口氣，說道：「永遠別吃！」

天蓬元帥又說道：「從地界到天國的，個個都得吃。不給你吃，怕是缺貨。」

「大帥說的綠丸子，是否就是如意金丹？」

「對！對！」天蓬元帥驚奇地問道：「就是如意金丹，你怎知道？」

「我猜的。」大聖說道：「老君前一陣子說，他有一爐子新煉製的，就快出爐。算時間，已出爐一個月了。」

「真的是缺貨。我料的沒錯。」天蓬元帥又說道：「不簡單呢！藥材難覓，製程繁複，九百九十九年僅能煉成一爐。老君耐心可佩呀！」

「叫我別吃，有蹊蹺嗎？」大聖說道：「老君說的，吃了一粒如意金丹，要死要活由你，長高變矮由你，要煩要樂由你，事事由你……」

「別天真爛漫啦！」天蓬元帥不讓說下去，說道：「不吃紅丸子，就不給綠丸子吃。」

「怎麼又有個紅丸子？」

「紅丸子是迷魂藥。吃了迷魂藥，心神俱失。迷迷糊糊中，才給你吃綠丸子；就是你說的如意金丹。」

天蓬元帥又說道：「吃如意金丹，可長生不老；迷糊中吃，你往後就得一切聽他的。」

大聖記起來了，太上老君的確說過，沒主見的吃了，會迷失自己。

「初到天國的，都得吃紅丸子、綠丸子，道理何在？」大聖問。

「這樣講，籠統些。」天蓬元帥說道：「其實從地界到天國的，有兩種人：一種人，已經是溫良恭儉讓的，那是不用吃，吃了浪費丸子。另一種人，不是異能之士，就是稀有族類——這種人，或自大、或自私、或無知、或脾氣壞、或個性強……不吃丸子，難以管束。這種人給吃了才讓上天國。」

捲簾將軍問道：「我和劉、關、張比試過，武藝稀鬆平常，算異能之士，有點勉強吧！」這是他長久以來的疑問。

「吃了藥丸子，個個溫良恭儉讓，將軍而無傲骨、悍氣，如何舞出高超武技？」天蓬元帥又道：「他們不屬異能之士，而屬稀有族類。」

「哦？稀有族類！」捲簾將軍莫名其妙。

「萬里赴難，生死與共；結義之誼，重逾功業。」天蓬元帥說道：「這是張仙翁給下的褒語。玉帝認為當代少見，後世難尋，劉、關、張是以稀有族類進入天國的。」

天蓬元帥又說道：「王羲之，書法古今第一，算是稀有族類。吃了藥丸，怪癖盡失，脾氣全無，文章、書法已無靈氣可言。他送我一件條幅，已未見瀟灑飄逸。」

劉、關、張是誰，王羲之是誰，大聖全無概念；突然想起在農村見到的六位大老，問道：「劉、關、張和王羲之是不是都住在東方一村？」

「對，對，仙猴，你去過？」天蓬元帥說道：「劉老缺了英雄氣概，可是編出的草鞋、草蓆卻更見細膩；關老和張老，不舞刀弄槍，好像都在犁田種瓜。」

「到過東方一村，仙猴，也該去過西方五村？」天蓬元帥說道：「那裡住有許多大美人，妲己、西施、趙飛燕、王昭君——都是人間尤物，是以稀有族類進天國的。」

這些大美人，大聖一個不識。捲簾將軍問道：「大帥見過？她們是不是還貌美如花，風情依舊？」

「唉，」歎了一口氣，天蓬元帥說道：「花容月貌，無異往昔。」又說道：「美女而溫良恭儉讓，能嫵媚嗎？美女而不矯揉造作，能動人嗎？」

「人類的大美人，對猴子來說，可能是大怪物。」對著大聖，天蓬元帥說道：「仙猴，你算異數，既有異能，又是稀有；玉帝自然百般爭取。」

「這樣說來，給的丸子，紅橙黃綠藍靛紫，統統不能吃！」大聖說。

「不吃，不吃，」天蓬元帥搖搖頭，說道：「難，難！你不吃，他們會使盡千方百計，叫你吃；或溶入飲料，或滲進果肉，叫你防不勝防。人能一直不吃不喝嗎？」

聽了這番話，大聖不安了。見牠不言不語，天蓬元帥說道：「這裡有什麼好依戀的？在地界任性胡為，勝於天國溫良恭儉讓過日子，不對嗎？」

捲簾將軍說道：「大帥安居天國，今且勸人地界受折磨咧！」

「你怎知道我不思凡地界？」天蓬元帥說道：「窩紅粉塢，躺溫柔鄉，作夢都想呢！跟不跟我？」

「大帥到哪兒，我跟到哪兒！」捲簾將軍說得挺有義氣。

「哦，對了，這次來，不只是帶仙猴來認識的吧？」天蓬元帥問。

從懷中取出紅帖子，遞到天蓬元帥手上，捲簾將軍說道：「王母娘娘蟠桃勝會的請帖。」

「吃一顆桃子不稀罕，」天蓬元帥說道：「難得見到七衣仙子。上會，紅衣仙子回眸一笑，事隔百年，依然陶醉咧。」轉身對大聖說道：「你也出席勝會罷？吃一顆蟠桃才走，不虛天國一行！」

牢中對話，深刻地印入腦中；一直到分手，大聖都在沉思中。

32

天蓬元帥似是而非的論調，確實困擾了齊天大聖。要六歲未滿的猴子區別，哪一句話危言聳聽，哪一句話確有所慮，太困難了吧！牠一向以為金箍棒就是通行證，就是入場券，手上握著金箍棒，就可吃遍天下，玉帝都得讓牠三分——未曾想過大人世界是那麼奸巧複雜！

大聖隨意拜訪了一些叫牠「大哥」的朋友們，當然都是耍拳弄棒的。禁城內外，大家興高采烈，談的論的，都是同一個話題——王母娘娘的蟠桃勝會。沒有人認為勝會會把牠擯除在外。沒有人看出牠落寞。

本能叫牠事事小心，處處提防。連日來，牠未敢吃，未敢喝，深怕一吃一喝之間，就成了乖乖猴。九穹之下還有甚多未經歷過的事呢！到郊外散散心罷。

到了馬場，吳正、吳邪興奮地跑出來迎接。吳正說道：「千里馬已不稀奇，這兒匹匹都是萬里馬呢！」

大聖的安排，豐富了生活，吳邪感激地說道：「在天國也能快活過日子呢！」

吳氏兄弟雙眼露出喜悅的光芒。大聖陰霾的心情霎時開朗，說道：「好，看馬去！」

白王率領著白馬群繞著草原跑，篤，篤，篤，快速又有規律。大聖問道：「黑馬群和棕馬群呢？」

吳正答道：「牠們在跑長程，傍晚才能回馬場。」

步行到馬場大廳，吳邪端上甜桃、蜜梨、葡萄……大聖愛吃的水果。大聖一看到食物，警惕心立刻升起，雖然好幾天未吃未喝，還是忍耐著，把拿起的一顆甜桃，又放回盤中；也未動用茶水。

吳正說道：「大聖要空著肚子，出席後天的勝會吧？」

沒有人懷疑，我不是王母娘娘的座上客呢——大聖本想躲到馬場，避開尷尬，一直到勝會結束。看樣子，久留在此，不會有好滋味。走罷！

吳邪說道：「雖然比不上勝會的，到底是農莊的上品，農人的敬意。多少吃一點嘛！」

吳氏兄弟殷切的目光，點燃了大聖豪邁之情——管他的迷魂藥，舉杯把清茶喝到見底，又把桌上的水果一掃而光；撫摸著肚子說道：「過癮！過癮！」

大聖說道：「把白王請來吧。」

吳正步出大廳，長長地吹了一聲口哨，奔跑中的白馬群立時由疾而緩而停；一長兩短地又吹了一聲，白王迅速從馬群中慢跑前來。

大聖親切地拍拍馬頭，又摸摸馬腹，說道：「好久不見了。」跳上馬背，說道：「到農莊去！」白王瞬間疾馳而去。

快到東方一村，途中，隴畝間，見到三位農夫在牛車旁堆疊瓜果，大聖放緩馬步，趨前一瞧，原來是劉老和他的兩位結拜兄弟，關老和張老。大聖立即下馬，抱拳致敬。

劉老引見之後，說道：「這番蟠桃勝會，特技表演，據說由大聖擔綱，精妙可期呀！」

連鄉農也談論蟠桃勝會哩！

劉老又說道：「沒有什麼珍稀禮物可送王母娘娘，一車哈密瓜，聊表鄉下人的心意。」彎下身子，從地上揀一個給大聖，說道：「嚐一個。」

哈密瓜握在手上，大聖問道：「劉老也是王母娘娘的座上嘉賓？」

劉老喜孜孜地說道：「敬陪末座罷。兄弟三個人一道兒去的。」

大聖問道：「每會都受到邀請嗎？」

劉老答道：「不，這是首次。上會，我們尚未到天國呢！」劉老說話，關老和張老都肅立在旁。

大聖臉色難看——坐牢的受到邀請，鄉巴佬受到邀請，阿狗阿貓都受到邀請；我，齊天大聖，算老大吧？不，算外人！終至不能控制自己，把手上的哈密瓜擲向瓜田，轉身騎上馬，揚長而去。留下劉、關、張，相互對望，不明所以，癡立在牛車旁邊。

歸程中，放馬緩緩而行，齊天大聖開始認真思考何去何從；其實是胡思亂想。

——不吃如意金丹，肯定被當作外人；未能出席蟠桃勝會，那就是暗示：想和大聖做朋友的，要睜開眼睛，和他維持一點距離吧！

——吃了呢，大概要做太上老君的採藥童子，為他上山下海採集藥材，煉製如意金丹。如意金丹的用量頗大，必須一爐子，一爐子煉，不能停工。

——不吃如意金丹，可能連外人都做不成；正如天蓬元帥說的，他們會想方設法，連哄帶騙，叫你吃。防不勝防呀！

——吃了呢，我就是乖乖猴，溫良恭儉讓，活著還有意義嗎？

…………

單純的猴子，自以為是，越想越恐慌，於是做了決定：回到他來的地方，「美不美，鄉中水」，「親不親，故鄉人」！

33

一日下了決心，就馬不停蹄；

連夜還了馬，大聖點一個頭，彎一下腰，就到了南天門。

這時候，天色已經大明。南天門由天增元帥值班，見到大聖，他和手下的九大將軍一起圍攏過來。天增元帥客氣地問道：「大聖意欲何往？」

齊天大聖直率地回答道：「從哪裡來，回哪裡去！」

天增元帥微笑著說道：「為什麼不待吃了蟠桃勝會，取得出關令，堂堂正正、和和氣氣走出南天門？」手持長戟，口氣軟中帶硬。

大聖左手摸頭，裝作恍然大悟的樣子，說道：「對了，我還未吃桃子哩！」雙手抱拳，說道：「承蒙提醒，承蒙提醒！」大聖不想在這個時刻另啟戰端；致意之後，掉頭就走。

到哪兒去？天蓬元帥不是說過同樣的話嗎，不吃蟠桃，空到天國一趟！既然不能在勝會上吃，只能偷吃囉。

大聖化身鋤土園丁進入蟠桃園，從前門進去，經過中園，到達後園。九千年一熟的蟠桃都在後園。大聖數了一下，熟桃只得十八顆；哪一顆由哪一個神吃，恐怕早已分配好。不吃這個園子的罷。

回到中園。中園約有熟桃百來顆。那就吃一顆罷。正要伸手——不行，丟了一顆，可要牽連許多無辜——土地公待我不薄；巡邏天兵唯勤唯謹；運水園丁、鋤土園丁純樸誠實……都不能連累。欲待不吃，又覺可惜。

大聖心中彷徨，左右為難，忽聽到前園傳來鶯聲燕語；哦，七衣仙子！七衣仙子各頂著花籃，進園子採果子咧！不吃，就要錯過。靈機一閃，大聖立即變作小蚜蟲鑽進面前的熟桃中去。

咬了一口——果肉細緻，味道香甜，遠非農莊甜桃可比；吃肉留皮；一連吃了三顆。中園子的桃子，滋味如此，後園子的呢？

大聖化身引水園丁，走到後園，重又變作小蚜蟲鑽進一顆熟桃中。怎麼了，平淡無味？是不是鑽進青果子？爬出去瞧，沒錯，熟桃呀！再咬一口，吃出味道了，清甜而

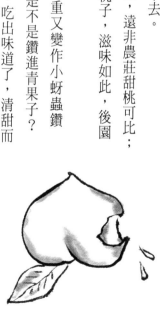

已，當水吃吧！慢慢吃，細細嚼，吃完一顆——哦，那是從未有的感覺，像是暖流，又像是清泉，緩緩地從內心深處湧出，終於遍布全身；從腳底到頭頂沒有一處不舒服——清明、寧靜、滿足。

在桃核中，大聖閉起眼睛，領受無尚的喜悅。尖叫聲喚醒了牠——紫衣仙子採到一顆重量不對的桃子，仔細看，有蟲吃的痕跡，高聲驚呼。

蟠桃園不宜久留，大聖從容化身鋤土園丁，走出園外。

34

吃過蟠桃，不到御廚嚐一點新鮮的，大聖未免感到遺憾。這時金闕雲宮的上空，一群白鶴在彩排「百鳥朝鳳」——蟠桃勝會的餘興節目——滑翔嫻雅，舞姿曼妙，看得大聖不禁忘情發呆。

不久，預演結束，白鶴群翔集在廣場上。大聖立即化身白鶴，混雜在鶴群中；逐步靠近金闕雲宮。宮門口，化身壁虎潛入靈霄寶殿；矇混過守門十二大將，還有千里眼和順風耳，最後進到內殿；聞香而到御廚。

御廚占地甚廣，做菜的廚房有百餘間，儲藏食材和酒類的庫房也有百餘間。大聖摸索了一陣子，於是化身廚師，東走走，西瞧瞧，最後，大致搞清楚：除了蟠桃，每桌都將有二十四道菜，客桌十二道；而主桌，王母娘娘的卻只有六道。一般廚師都不能試吃食物，只有主廚才能試吃；主桌的食物不能試吃，不能手觸，甚至連總廚師也只能遙遙目測、耳聞、鼻嗅。

菜樣殊異，食材皆未見過，應該從窮鄉僻壤、危岩深穴中採集來的罷？大聖化作不同的主廚，各樣都吃一點；吃後大為詫異：色、香、味固然各有特色，異於凡品，可是口感卻都普普通通；難道提供給一般桌的，較為馬虎隨便？

美食佳肴都在主桌上罷？主桌的菜肴擺在大廚房的閣樓上，雖然未有人看守，卻是眾目睽睽之的。

大聖變作蟑螂，沿梯而上，只差一階，就上了閣樓。這時候，被一個眼尖的廚師發現，悄悄走近，赤掌凌空拍下。蟑螂閃開，跳上空中，繞著廚房，到處亂躥。有幾位輕功甚好的廚師，也跟著互東互西，互上互下，奮力追逐。

蟑螂飛上閣樓，見菜肴已被紗蓋蓋住；旁邊有擔綱的主廚和副手廚師看著。蟑螂猛然衝向主廚，在右臉上狠狠叮上一口；主廚臉上立時隆起一塊紅腫；於是被扶往別室敷藥。

大聖動作加劇，東西南北，任意流竄。廚師們以為廚房四處都有蟑螂，紛紛拿起傢伙，全力拍打。在廚師們驚慌失措、手忙腳亂的時候，大聖化作被螫傷的主廚，右手捂著臉頰，走上閣樓，對副手廚師說道：「一個人看著就行了。你到下層幫忙吧！」

副手一下樓，大聖立刻揭開紗蓋，哦，奇香迎面撲來——那是千年白松露湧瀉出來的奇香。

這朵白松露甚是碩大，放在大盤子上，一朵就占盡盤面。據廚師們說，這朵白松露甚是難得，千年以上才能育成；是今番勝會僅亞於蟠桃的精品。松露長在地底下，有黑白兩色，一般長不了多大，就被野豬挖掘吃掉。據廚師們說，吃了千年松露，可永駐青春，長生不老。

大聖毫不猶豫，從盤中取出白松露，張大嘴巴，咬了一大口——啊，怎麼

味同嚼蠟，還有怪味！也不顧還有其他珍稀食物未吃，急促溜出廚房，至偏僻處，張口吐掉。

靠牆站了一會兒，口裡怪味淡散，大聖定神一看，哦，前面的大房子是酒庫咧！「酒庫」兩個大字，王老寫的罷？咦，酒庫怎未有人站崗，大門也未上鎖呢？進去瞧瞧罷！

裡頭有人！一大夥搬運工人，指東劃西正和酒庫主管說話呢！別再惹事生非啦，他們在那一頭，我走另一端。

沿著甬道走。陳酒順著年份排列呢——一千年的，二千年的，三千年的……九千年的，一萬年的。大聖酷喜飲酒；美酒當前怎可不喝；喝當然要喝最陳的！

取出萬年酒，拔開木塞，大聖舉起酒甕，對嘴就喝——酒香醇厚，未飲先醉；甘甜辛辣，巧合適中——一口氣喝了半甕……咦，怎麼天旋地轉啦？腦袋瓜子不對勁啦？平日，千杯不醉的呀！不走肯定出醜，大聖未敢停留，半醒半醉離開酒庫，搖搖擺擺撞向官邸。

35

進到屋子裡，咦，怎麼官邸上下空無一人？

內務官、男傭、女僕都溜到哪兒啦？偷懶嗎？還是外出找猴子？大聖無法多想，瞇起眼睛，手托著腮，斜坐在竹製躺椅上。

原來大聖走錯房子，到了鄰居太上老君的家。這天，太上老君在附近的松林講道，講他老掉牙的《道德經》。許多仙童、仙將、仙官、仙吏都去聽，而自己屋子裡的人，自然全跟著去。

瞇了一會兒，眼皮不那麼沉重了，大聖清醒了些。但是心神還是渾渾噩噩。牠已經發覺，走錯，走到鄰居的地方。竹躺椅是太上老君的招牌椅子。坐上這張椅子，太君就能衍生甚多奇想怪譚。

想起太上老君，就想到他的如意金丹——要樂要煩由你，自然要醉要醒也由你。吃一粒金丹提提神吧！

扶著牆壁，跌跌撞撞，找到了丹房。丹房裡有五個葫蘆。拿其中一個，倒下了一粒金丹，大聖正想吃，迷糊中發現那是紅丸子；紅丸子不能吃咧！取另一個，那是空葫蘆；第三個、第四個全一樣，空空如也。太上老君把如意金丹藏匿在某一個隱密之處嗎？最後一個，牠不甚抱希望啦。

倒第五個，牠逕直把葫蘆口朝下——啊，唏哩嘩啦，金丹全撒在地面上。遍地金丹咧！撿起一粒，醉眼朦朧，一看再看，怎麼又是紅丸子？老君會把綠丸子另置他處嗎？閉起眼睛，定一下神，再仔細瞧，啊，不錯，那是綠丸子；再從地上撿幾粒起來比對，放心了，大聖隨即取了一粒放進嘴裡。

吞下如意金丹，尚未進入肚子，大聖就全然清醒。回想這一天的經過，大聖明白牠闖禍了，闖了大禍——偷吃蟠桃，偷吃松露，偷喝御酒……件件都是滔天大罪。

天國還有我猴子容身之地嗎？大聖於是撕張宣紙，提起毛筆；思考了一下，找到好藉口；歪歪斜斜地寫了一封短箋：

張仙翁：
蟠桃勝會請鄉巴佬，不請齊天大聖。欺猴太甚。
我，齊天大聖地界為王去也。
齊天大聖
太上老君轉致

霸氣十足？金丹散布地上，收拾乾淨才走嘛——留著，表現風度；帶走，可作私用——慌裡慌張，暴露大聖其實心虛；牠並不從容。走出天國，走的那條路是邊防最鬆懈的西天門。大聖是落荒而逃哪！

36

出了西天門，大聖心中惶惑；

本想到天山大草原，找牛魔王談心討教，仔細一想，牛魔王其實和自己差不多，粗牛野猴，都是蠻勇有餘，智慧不足；於是朝蒙古大草原直飛。聽聽金扇公主怎麼說吧！也許三言兩語之間，就能解鬱開悶。

想不見牛魔王，還真不容易呢！「大聖，久見呀！」來自頭頂上的聲音，牛魔王問道：「誰通知你，今天這兒有聚會的？」牛魔王下降到大聖身邊。

「未有人通知我呀。」大聖反問道：「肯定有急事相商啦？」

「待會兒坐著講吧。」

「你立旗號平天大聖了沒？」

「叫牛魔王順口。老婆叫我別改名立號。」

「怎麼未見鐵扇公主？」

「她不來。她只喜吟風弄月；不似她姐姐，愛揮刀舞劍。」說著，說著，他們已緩降到金扇公主的金色大蒙古包前面。兩位黑人警衛赤手站在門口。

進入蒙古包，一看，金扇公主已端坐在主位上；蛟魔王、猛犬王、紅蠍王、大獅王也都安坐在席位上。多次聚會大聖全都缺席，突然出現，自然引起騷動。

「到了天國，怎不捎個信來？樂不思鄉啦！」

「天國天氣是否終年風和日麗，未有暴雨狂風？」

「花草樹木是否長得奇形異樣？飛禽走獸兼有神靈仙性？」

「神兵天將是否個個神通廣大，法力無邊？」

「樂居天國，肯定日日小宴，三日大宴？」

「大聖，想個法子，帶我們天國一遊吧！」

…………

大聖愛熱鬧，人來瘋，所有的鬱悶，在難兄難弟面前，一下子全拋到九霄雲外；講起故事，眉飛色舞。

「蛟魔王，猛犬王，大獅王，你們在天國沒東西吃咧。天國，不殺生，人人都素食——有酒，沒有肉；有菜，沒有魚。你們待得慣嗎？」

「牛魔王，吃在天國，肯定你樂不思鄉。牧草青翠，鮮嫩甘美；四季果實，漫山遍野……」

話未說完，牛魔王已經控制不住鼻子和嘴巴，口水汩汩而流。

金扇公主說道：「聽起來叫人神往。」

紅蠍王問道：「那我吃什麼？」

大聖答道：「咬花蕊，啃菜心，嚙樹葉，嚐野菇吧。那裡沒有蟲蟻可吃。」

紅蠍王搖搖頭，說道：「那不是我的地方。待一天就會叫我發狂。」

談到吃，大聖滔滔不絕，說道：「山珍海味，稀有罷了，其實難吃。」不禁揚揚得意地說道：「蟠桃勝會，千年松露只得一朵，只有王母娘娘主桌上有，咬了一口，我趕緊嘔出來……」

金扇公主中斷了牠說話，譏諷地問道：「你和王母娘娘共桌進食？」

蛟魔王惋惜地說道：「一口千年松露可抵百歲修行呢！」

牛魔王問道：「蟠桃滋味如何？」

大聖答道：「美極了；天上僅有，人間絕無。有三千年一熟的，太普通了，我沒吃；六千年一熟的，我吃了三顆；九千年一熟的，我吃了一顆……」

這次不僅牛魔王流口水，大家都止不住口角流涎。

猛犬王說道：「怎不帶幾顆讓兄弟們嚐嚐。讓這次聚會也叫蟠桃勝會。」

你一言，我一語，從中，大獅王和金扇公主都讀出問題，都覺得事有可疑。

「你極肯分享，」金扇公主問道：「兩次進出天國都未帶有禮物，可見事出倉卒，對嗎？」

大獅王問道：「這次出奔天國，又經過一番大戰？」

「兄弟面前不講誑語。」大聖笑嘻嘻地說道：「上一次是打出來的。這一次是逃出來的。」

牛魔王急切地問道：「又是怎麼一回事？」

大聖蠻不在乎地說道：「我偷吃蟠桃，偷吃松露，偷喝御酒。」於是把整個事情的來龍去脈說了一遍。

大聖說道：「犯了滔天大罪，不跑怎行？」

氣氛一時嚴肅起來。沉默了一會兒，大獅王首先發言，說道：「偷吃東西嘛，怎麼說成了滔天大罪？打一百下屁股，坐一百天牢，不就沒事啦？」

「這不能和偷鄰居的一隻羊、一頂斗笠相提並論。」金扇公主說道：「偷吃王母娘娘的蟠桃、松露，目無尊上，擬起罪來，肯定只重不輕。」

金扇公主安慰大聖，說道：「天國不殺生，不致處你於死罪罷？」

大聖說道：「天國不殺生，送你進地獄呢！」

金扇公主問道：「那，如何應付，成竹在胸啦？」

大聖挺起胸膛，握起拳頭，說道：「我做事一向隨興，從不瞻前顧後。」

牛魔王憂心忡忡，說道：「大伙兒為這個小么弟想個辦法吧！」

紅蠍王說道：「對，這次聚會就不議論他事，談怎樣支援小兄弟吧！」

大聖說道：「猴子做事猴子當。諸位大姐、大哥就不必費心啦。我先走。你們照樣議事吧。」

大家都擔心，深怕這一次見面就是永別，都上雲端送別。金扇公主深情地對著大聖說道：「真遺憾！愛莫能助呢。」

37

回到花果山水濂洞，時間剛過中午，洞中靜悄悄地空無一猴；大聖走到森林廣場，那裡也是空盪盪的，沒有猴子，沒有飛禽，沒有走獸——都去了哪兒？發生了什麼事？於是躍向空中，向下一望，原來彭猿，高猩，張虎，金隼……都在海灘上；牠們正在進行防衛演習；未參加操演的飛禽走獸，都群聚在沙灘上，在旁觀看。大聖大感安慰，牠們並不因為主帥外出，而懈怠了日常應有的訓練。

旁邊有人拍牠肩膀，大聖回頭一看，張仙翁獨自一個人，未有天兵天將跟隨，馬上拱手致敬。

「大聖怎麼又跑離天國啦？」

「仙翁未讀我的信？」

「就是為這件事趕來的。」

「哦？」

張仙翁從袖中取出請柬，遞給大聖，說道：

「事忙，未及時奉上，請大聖海涵。」

接過請柬，大聖未有喜色，一面懊惱自己行事莽撞，一面思索如何作答——張仙翁還不知道牠闖禍呢！

「大聖猶豫什麼？這就上路吧！勝會傍晚才開桌。」張仙翁匆忙趕路，勝會出了大事，顯然未及時獲知。

張仙翁背後，一朵彩雲直飛而來——三太子哪吒和他的親兵。那是來抓牠的——大聖於是舉起拳頭，果決地回答道：「大猴子做事不能一錯再錯！」

張仙翁錯愕不解，見到三太子哪吒戎裝而來，才感到事情不單純。

哪吒太子出示「逮捕令」，說道：「束手就擒呢？還是要本太子動手捉拿？」

張仙翁把逮捕令取過來，讀了一下，交給大聖。大聖接過，撕個粉碎，說道：「本大聖不歸他管，憑什麼逮捕我？」

哪吒太子一時省悟不過來。張仙翁代為問道：「大聖意欲何為？」

大聖答道：「拿戰書來！」

哪吒太子明白了，說道：「寫戰書太囉唆，簡單一點：你定地方，我定時間。」

大聖本想約在腳下的河口上，回答的時候，臨時變了個地方，說道：「灌江口。」遇到大事，大聖倒是機警，牠明白戰火不能燒在自己的地方。

哪吒太子說道：「太好了。明日這個時候。」又問道：「單挑？還是群鬥？」

大聖意氣風發，說道：「兩國交戰，成王敗寇，哪有什麼規矩？天兵天將儘管多來，我，齊天大聖，奉陪到底。」

請柬遞遲，把事情搞到這個地步，不可收拾，張仙翁至感內疚。

張仙翁和哪吒太子走後，太聖不想干擾操演的進行，而直接回到水濂洞。傍晚，群猴陸續回來，見到大聖，都樂翻了。水濂洞地方小，群猴於是簇擁著大聖到森林廣場。森林裡的飛禽走獸都圍攏過來。大聖不提，牠偷吃蟠桃，偷吃松露，偷喝御酒，這些不名譽的事；牠只說，牠和天國鬧翻，明日中午，將在灌江口和天兵天將決戰，不勝不歸。牠要大家放心——牠從未失敗過，這一次也不例外。聽到領袖慷慨激昂、自信滿滿的話，牠們都興奮極了，高呼萬歲，萬歲，萬萬歲！

38

萬歲聲歇之後，大聖立即動身。

發跡之前，大聖經常跑灌江口，不但熟悉這個地區的地形地貌；於水中的魚蟹龜鱉，山中的飛禽走獸也多有結識。到了灌江口，牠連夜到處招呼：或勸暫離，以避無妄之災；或作疑兵，臨江以助陣勢。

哪吒三太子也未敢輕視這次的戰鬥。上一次的交鋒，一攻一守的每一招每一式，他都牢記腦中，並且一直在思索破解之道。現在，機會來了，他終將擊敗對手，以湔雪前次的恥辱——他在玉帝面前，曾經誇下海口，擒拿這隻猴子，不需要喝一杯茶的功夫。

哪吒太子也是提前到達灌江口的。他首先去拜訪顯聖二郎真君——他是玉皇大帝的外甥，在灌江口有一個很大的廟宇，享受人間的崇拜。由於只要是合理的，他都有求必應，因此香火鼎盛，神廟越蓋越大。

二郎真君陪同哪吒太子巡視灌江口的形勢，哪吒太子蹙著眉頭，說道：「除了廟口廣場之外，沒有一塊地是平坦的呢！」

「確實是如此，」二郎真君答道：「就連廣場也是歷經百年，善男信女逐年慢慢填平擴大的。」

二郎真君又道：「你看，左邊，有二十三個小山，對嗎？滿潮的時候，就是小島。」

「奇怪，怎麼不在風景秀麗之處蓋廟，卻在亂石堆中……」

不待哪吒太子說完，二郎真君答道：「我酷愛大海。我愛山石嶙峋，尤甚花草芬芳。」

哪吒太子目光轉向右側，二郎真君說道：「那邊是深達數里的海域，有海道直通東海龍王寶宮。」

坎坷不平不足以形容灌江口的地勢；被海水剝蝕的岩石，或凸或凹，或直或斜，或尖或圓散布在整個岩岸地帶的陸地上和海面下。哪吒太子的眉頭蹙得更深了；這樣的地形地勢，極不適宜他腳下風火輪的運動。哪吒太子不禁暗自讚歎：「這隻猴子真是聰明哪！」

二郎真君問道：「我能幫什麼忙嗎？」

二郎真君和哪吒太子同時看到有兩朵祥雲從地平線上疾飛過來。哪吒太子從雲朵的形狀，知道他的大哥和二哥前來助戰，生氣地說道：「來幹什麼的呀？多管閒事！」

二郎真君說道：「做父親的不放心嘛！」

哪吒太子還未氣平，金吒太子和木吒太子已經站在他們面前。

金吒太子持著托塔天王的手諭，遞給二郎真君，說道：「我們是來聽候真君差遣的。」

二郎真君讀完托塔天王的手諭，微笑地說道：「捉這隻猴子，天王命我做主帥呢！」

39

二郎真君、金吒太子、木吒太子、哪吒太子並肩站在神廟的廣場上。

哪吒太子高喊道：「妖猴，時間到了，怎麼還不見出面？」接著又連喊數聲「妖猴」，全無反應。

只見廟前天空，一大群白鷗悠閒地來回盤旋；遠處隱隱傳來獅、虎的低吼聲；廟前右側海面，鯨魚、鯊魚、海豚等大型魚類躍游其間。

二郎真君問道：「妖猴？哪來的？怎麼我從未聽說？」

「真君，久居下界，孤陋寡聞啦。」金吒太子笑道：「這隻猴子在天國無人不知，無神不識呢。」

木吒太子加上一句話，說道：「牠叫齊天大聖。」

二郎真君說道：「如此勞師動眾，本事肯定不凡。」

哪吒太子說道：「待一會兒，即能領教。」

二郎真君於是叫道：「齊天大聖，見到我二郎真君，懼怕了嗎？」

大聖從白鷳變回本身，赤著雙手，從空中跳下，笑嘻嘻地說道：「還是真君有規矩！」又說道：「我不叫妖猴。我是大名鼎鼎的齊天大聖。」

大聖問道：「哪吒太子，上回輸予我，不服氣，約我再戰。幹嘛多事，要參一角？」

二郎真君答道：「天王命我擒拿你。」

大聖說道：「可惜這座大廟就要毀於戰火。」

二郎真君答道：「小廟陳舊，正想蓋一間大些的。」

哪吒太子說道：「為什麼要這麼嚕唆呢？真君，這就動手吧。我們兄弟助你一臂。」

木吒對著哪吒太子，平靜地說道：「動口，也是交鋒咧。動手不一定得要真刀真槍。」木吒隨著觀音菩薩修行，見識自是比弟弟高明一等。

二郎真君說道：「對付一隻猴子，一個人儘夠。不要讓這隻猴子到處張揚，說，我們是以多欺寡，以強凌弱。」

「全上吧，」大聖說道：「你們並未以多欺寡，以強凌弱咧。」說罷，於是長長吹了一聲口哨，灌江口上空，一群又一群白鷗，接連低空掠過；數百頭藍鯨在近海處噴水；飛魚、海豚在鯨魚頭上跳躍；神廟後面，獅、虎的吼聲由低沉轉為呼嘯。

大聖笑道：「得道多助哪！」

二郎真君也笑道：「這叫虛張聲勢！」

大聖叫道：「躲在石頭後面的，梅山六兄弟吧？全出來吧！」果然梅山六兄弟都從暗處站出來。

大聖問道：「真君帳前的一千二百位草頭神，埋伏在附近吧？」

二郎真君答道：「你確實嚕唆。他們只在旁觀戰；這和你驅使的飛禽走獸一般，不加入戰鬥的，不對嗎？」

大聖指著神廟，笑著說道：「戰火燃起啦。」

二郎真君回頭看，果見神廟熊熊火起，大笑道：「燒得好，燒得好！」那是廟裡老鼠，聽到口哨聲，推倒燭火引起的。廟祝和工人去滅火，遭到貓群、鼠群合力攻擊；星星之火，就這樣，失卻了控制。

確定對手只有一個人，大聖於是從耳根取出金箍棒，揮棒就打，迅如雷電。二郎真君抖想不到，剛說完「燒得好」，棒子即臨頭上；急忙舉起雙劍，封住來勢；兵器相遇，剎時迸出火花，光芒四射。

二郎真君的雙股劍，乃玉帝所賜，削金如泥。本以為一交手就可把對方兵器斲斷，領先一著，迫敵心慌——現在，對方棒子和自己的一模一樣，絲毫未損，二郎真君才意識到，面對著勁敵；他不敢大意，於是沉著應戰，不求速決。

大聖從不輕敵；明白來者不善，善者不來，一開始，就抱著持久戰打算——不打個七天七夜絕見不到勝負。

一動手，雙方即全力以赴，攻守之間，一來一往，甚是迅捷。這是旁觀者的印象。其實，雙方都在觀察對手的手順，測試對手的招式變化，以等待對方

洩露稍縱即逝的空隙。戰場從廣場到逐個小山；小山於滿潮時變成小島。從日中戰到日落，二十三個小山（小島）已被踩踏多遍。戰到哪一個小山（小島），哪個小山（小島）即火花不間，亂石齊揚。

鬥回到廣場，二郎真君以雙劍頂住大聖的金箍棒，說道：「今天，到此為止。」又說道：「你我皆能再戰，可是觀戰的人卻都疲累不堪。明晨再戰吧？」

大聖說道：「一起打，熱鬧，他們也精神抖擻！」

「不，不，」二郎真君榮譽心十足，說道：「明日還是你我一對一。」

當晚，大聖躺在被削平的小島上，未吃，未喝，未想，仰望著星光燦爛的蒼穹，不知不覺睡著了。

大廟燒成光禿禿的，只剩瓦礫一片；無法在室內過夜，金吒、木吒和哪吒三位太子，梅山六兄弟，全都陪著二郎真君在廣場上打坐。沒有人提今天的戰鬥——二郎真君自尊心極強，檢討或者建議，都會被認為他受到了幫助，而不是一對一的決鬥。

40

今天要怎麼打呢？

第一道晨曦就把大聖的眼簾撥開。

要改變什麼嘛？大聖毫無概念——反正兵來將擋，水來土掩，活動活動筋骨吧。大聖於是從一個小島跳過一個小島，又從另一個小島跳上另一個小島；就這樣，牠跑遍了二十三個小島。不曉得是第九十八遍還是第九十九遍，牠聽到二郎真君高呼：「齊天大聖，準備好了嗎？來吧！」

跳到廣場，大聖見到了敬仰的目光，那自然是昨日的表現贏來的。牠二話不說，當頭一棒——和昨天的第一棒，力道、姿勢完全一樣——二郎真君的反應卻不一樣，避開凌空一擊，趁牠回棒不及的空隙，雙劍襲向大聖的腰側。大聖連忙向後躺倒，剛好避開鋒芒。

二郎真君一擊得手，得勢不饒人，雙劍立即轉個彎，擊向地面。大聖整個身子都暴露在對手的劍勢之下。大聖無從預想，接下的攻擊方向——心想如果金箍棒能變成盾牌就好，果然就在千鈞一髮之際，盾牌擋住了二郎真君乒乒乓乓數十下的擊打。

二郎真君以為神劍可以擊穿盾牌，發現失效之後，整個人站上盾牌——這是侮辱對手的動作——大聖高舉覆蓋在身上的盾牌，推下二郎真君；身子剛站直，發現雙劍像兩隻春燕飛向牠的背後。避開凌厲的攻擊，大聖只好向前躲，從廣場跳到鄰近的小山上。二郎真君一點都不讓大聖喘息，帶著兩隻兇猛的燕子，隨後窮追不捨。

舉著粗大的盾牌，一個一個小山逐個跑，大聖的樣子甚為狼狽。旁觀的金吒、木吒、哪吒三位太子、梅山六兄弟，一千二百位草頭神都禁不住大笑。

人一窘急，頭腦就不管用。大聖這時候的情況就是這樣——混混沌沌，除了逃跑之外，想不出有什麼應變之道。二郎真君也想不出辦法攔住大聖，迫牠回頭應戰。他們最終似乎都在比賽耐力，看誰最能持久。

一跑一追之間，有若電馳雷掣；從日出到日落，小山變小島，小島變回小山，逐山逐島奔跳，大概超過一萬遍了吧。這天的戰鬥可說緊張有餘，精采不足。單調、沉悶，讓旁觀者在開打不久之後，就陸陸續續靜坐下來閉目養神。

到了昨晚躺下的小島上，這時紅霞滿天，大聖以盾牌架住雙劍，說道：「昨天，你叫停；今日，輪到我喊不打。」

二郎真君微笑地說道：「我以為今日分不出勝負，不得歇手呢！」

大聖笑嘻嘻地說道：「明日吧！」

二郎真君回到廣場，神采飛揚，眾人都站起來迎接。二郎真君拱手致意，隨即就地打坐。大家也跟著坐下。

大聖一住手，立即醒悟過來，不覺失笑，怎麼打鬥中竟忘了把盾牌變回棒子？舉著盾牌到處跑，多滑稽，多難看呀！咦，金箍棒能變盾牌，肯定也能變槍、變矛、變刀呀——不，不，刀、槍、矛都不稱手，還是棒子好；胡思亂想中，大聖睡著了。夢中，牠見到啟蒙師父——頭陀，也見到哲學老師——太上老君。模模糊糊中，他們好像都傳授了牠一些奇招妙法。

41

這是決鬥的第三天。

二郎真君不認為這一天就能擒住猴子，達成天王交付的使命。他好整以暇，在廣場踱著方步，靜待對手出現。廣場上只剩三位太子觀戰。梅山六兄弟帶著一千二百位草頭神去清理戰場。

也許昨日路跑多了，今日醒來，已日上三竿；大聖揉揉眼睛，趕緊站起來，奔向廣場——怕被誤會，牠怯場了。奔赴廣場途中，大聖突生警惕：昨天為什麼被打著滿地跑，毫無反手、招架的餘力；自然，那是因為牠的手順被摸清楚了，招式被識破了。好，今天把金箍棒收起來，徒手過去，讓對手猜不透我胸中藏有甚玄機。

見到大聖，二郎真君果然問道：「怎麼不拿出傢伙？徒手搏鬥嗎？」

大聖笑道：「今天正想空手和你搏。」又說道「搏蒙古摔交如何？」

「蒙古摔交嗎？」二郎真君也笑道：「我練過，但不擅長。」

大聖說道：「賽跑，跑十萬二千里，你輸，就此罷手；我輸，束手就擒。」又說道：「但憑腳力，不許騰雲駕霧，如何？」

二郎真君哈哈大笑，說道：「昨日領教過了。我甘拜下風。」口氣一變，厲聲說道：「別嚕唆，看劍吧！」

說罷，雙劍已臨大聖面前。大聖明白，這是虛招；不慌不忙，從耳根取棒在手，還以泰山壓頂；也是虛招。於是你來我往，就在廣場上拼鬥起來。戰鬥中，雙方都玩技巧——或露破綻以誘敵搶攻，或佯敗以陷敵冒進。一時，雙方都籠罩在劍光棒影中；寒風颯颯，捲起半天沙雲。

旁觀者清。觀戰的三位太子，都是沙場老將，一眼讀出：類似過招，難言惡鬥；非有意外，今日也是不了之局。於是三位太子都閉上眼睛，站著禪定——融入冥冥無人無我之境。

和前兩日一樣，逐島來回搏鬥。不到日中，二十三個小島，禁不起三天來的棒擊劍削，只剩下十七個小島——較窄細的六個小島全消失了；餘下的，差不多也是攔腰被斬。

日正當中，金箍棒架住雙劍，二郎真君甚感驚訝，問

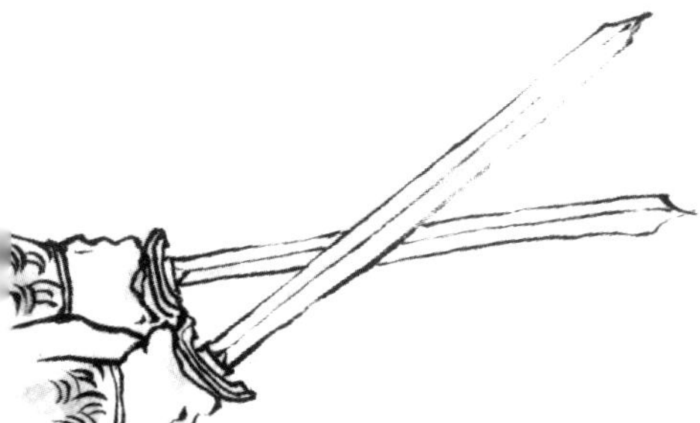

道：「哦？只打半天，就要收工啦？」

「三天沒撒尿，」大聖嘻皮笑臉，說道：「方便一下嘛！」於是對著大海噗噗噗撒了一大泡猴尿。

在猴尿的氣泡中，見到了頭陀，牠記起來了，夢中頭陀曾對牠說：「石猴，金箍捧的妙處你未盡用呢！」

大聖恍然大悟，點點頭：對，對，對，對打中，棒子忽長忽短，忽粗忽細，交叉運用，肯定叫對手手忙腳亂——怎麼從未想過呢？

在另個氣泡中，太上老君笑容可掬，那是夢中的樣子，他說過什麼，牠記不清楚，好像是說：面對強敵，要裝柔弱。

胡說嘛！還是聽頭陀的。心裡一高興，警惕心就降低，隨手一棒，擊向二郎真君。

二郎真君大喜過望——那就是猴子昨日落敗的一擊，怎會重犯呢？他無暇細想，避開當頭一棒，雙劍立即揮出，勢如閃電。危急中，大聖並未照樣把金箍棒變成盾牌，而把自己化作松樹。

不見大聖，二郎真君發現身旁多了一棵樹，不覺啞然失笑，岩石上怎可能長樹？而且幾天來，這個島不曉得踩過多少遍了，也不見有這棵樹。猴子耍我呢！玩高明些吧！

好，陪你玩！二郎真君立即化作樵夫，舉斧就砍。大聖變作白兔，一躍跳到鄰近的小島。二郎真君化作獵犬，猛撲過去。白兔跳過幾個小島，累了，變成一塊石頭；獵犬於是在石頭上撒尿。石頭急了，變作斑斕猛虎，張口就咬。獵犬變作獵人，舉弓就射。猛虎趕緊變作土蜂，衝向獵人。獵人提網捕蜂；土蜂被網住，於是變作小甲蟲，從網孔中鑽出；剎那間，失去大聖的蹤跡。於是二郎真君目露神光，四處搜尋。

附近，一群草頭神正在搬運石塊；其中一位看到腳下有一條長長的死魚，漂浮在水面。這條魚去了鱗，類似白帶魚，這一帶水域從未見過。其他草頭神，紛紛放下石塊，過來打量；你一言，我一語。

二郎真君聽著他們講話，循著他們的眼光，也見到了。進前一瞧，喊了一聲：「裝死！」一劍揮過去。

死魚變回大聖，金箍棒抵住神劍，大聲叫道：「二郎真君哪，你也倚多為勝咧。」

二郎真君訝異地問道：「你說我，說話不算話？」

「你不是說，你我一對一，單挑……」

不待大聖說畢，二郎真君問道：「難道我二對一啦。」

「豈止二對一，二十一對一呢！」

「哦？」

「有二十位草頭神幫你，你能說沒有？」

「他們舉手抬腳了嗎？」

「他們不曾舉手抬腳，卻動口，動眼珠子。」

「我不明白你的意思。」

「誰先發現死魚的？然後吱吱喳喳，引你注意，這不叫幫忙？這不叫助戰？」大聖理直氣壯。

二郎真君一時語塞；正思索怎樣解釋誤會的時候，大聖又說道：「算了，無心之過就不多計較了。」

最後一句話侮辱了二郎真君，他何時被寬宏大量過？他被激怒了，立刻命梅山六兄弟，作速把草頭神全遣開；遠離戰場，越遠越好。

裝死魚把二郎真君氣成這個樣子，大聖對夢中太上老君的話，以為有所領會，不住地點頭；其實是穿鑿附會——現在裝可愛吧，於是變作黃橙橙的小雞。

二郎真君化作碩大的獵鷹，疾衝而下。嚇得小雞慌慌張張地東西亂撞，最後變作眼鏡蛇，向空中噴射毒液。獵鷹待毒液噴盡，又低飛過來挑釁。眼鏡蛇於是跳下水裡，變作小螃蟹。獵鷹變作海鳥，尖銳的鳥喙對準小螃蟹藏身的石縫猛啄。小螃蟹緊張，變作小魚游向深海；正慶幸躲過劫難的時候，前面有個大嘴巴，正等待著牠，大鯊魚呢！於是趕緊跳上岸，變作高挺挺的椰子樹。

二郎真君玩興盡了，變回本身，執劍揮向椰子樹。大聖也變回本身，握棒相迎。在小島上，又展開了一場激戰。

大聖邊打邊想：老君叫我裝柔弱，我裝死，裝小，看來蠻管用的；接下來，我該怎辦呢？強打還是裝輸？強打，得照頭陀的辦法；裝輸？有點難呢！

大聖一分心，就接連被逼退了幾步。退遠一點吧，於是躍向廣場。

二郎真君緊跟在後，亦步亦趨，不容大聖稍息。在廟前廣場，雙方又纏鬥在一塊兒。

勢均力敵的戰鬥，一定要聚精會神；致勝之機常常稍縱即逝——這一點大聖清楚得很，可是今天就是力不從心，太上老君老是在旁騷擾，嘮叨個不停，說什麼，善於游泳的人，大都溺死在水裡——詛咒我嘛：愛打鬥的，遲早命喪沙場。大聖很是苦惱。

一不留神，又受窘了，急急忙忙，大聖從三位太子的頭上跨過。真不好意思。二郎真君是個正人君子，從三位太子的身旁掠過，動作自然緩慢了些。在三位太子背後，雙方又廝殺在一起。

只要一不對勁，大聖就從三位太子頭上跨跳過去，換邊再戰。就這樣，重覆了多遍。大聖佩服了三位太子的禪定功夫——身側打得昏天黑地，而他們仍能一動不動地站在那裡神遊天外。大聖玩心又起，於是變作哪吒太子，擠在哪吒和木吒中間。

兩個一模一樣的哪吒太子，哪一個真，哪一個假，二郎真君一眼認出——假的那一個，腳下的風火輪不對！正在斟酌如何出手的時候，三位太子清醒過來。見到二郎真君猶疑的表情，木吒和哪吒同時說道：「猴子在我身邊！」假哪吒太子臉上浮出輕薄的笑容，問道：「六隻眼珠子打兩隻眼珠子，一對一嗎？」

二郎真君委屈中受到侮辱，於是氣憤地把雙劍擲向地面，說道：「打不下去啦。」對著三位太子說道：「請面覆天王：有辱使命，二郎靜待懲處。」說罷，逕自離開。

二郎真君的自尊心那麼強烈，出乎三位太子的意料，相顧愕然。

於太上老君的教訓，大聖似有所悟：善於游泳的人，大都溺死水中。那麼，自尊心強的，末了也將敗在榮譽心上。對嗎？大聖搖搖頭，沒甚把握。

大聖揮別灌江口的時候，太陽離海平面還高得很呢。

42

大聖是活神仙；活神仙無所不能，無所不知。花果山森林裡的飛禽走獸都這麼認為。和活神仙同在，牠們引以為榮，引以為幸。居然有人前來挑釁，顯然是無聊、無知之輩；金箍棒一舉，肯定就誠惶誠恐俯首聽命。因此，沒有動物特別在意大聖灌江口之行。大聖出征，隔日，他們全忘掉這件事。牠們早已習慣大聖不在的日子。

只有袁紅感到不安。最近一次，大聖從天國回來，眉宇間不時露出悒鬱；袁紅注意到了，而憂心不已——大聖在天國到底惹上什麼麻煩，為什麼回山不到半天，就有人上門挑戰？這些人並非兇惡之徒。相反的，他們都是衣冠楚楚、舉止規矩的人呀。這些人會是誰呢？好應付嗎？

袁紅每天一大早就攀上樹梢，對空瞭望。第三天，時間偏午吧，袁紅見到了一朵雲塊，從北而來，緩緩而行——不像是大聖的。大聖的一般都是電光石火，來去轉瞬。哦，大聖，沒錯，大聖，袁紅大喜，大聖不僅安然無恙，而且從容自若——在雲端上，把玩著金箍棒，忽長忽短，忽粗忽細，左旋右轉，指天劃地——袁紅趕緊滑下樹，通知正在水濂洞議事的彭猿、高猩、張虎、金隼等；然後又爬上樹頂。

靠近了，大聖見到袁紅，問道：「怎麼獨自在這兒？輪到你值班做斥候的嗎？」

「等你凱旋歸來。」袁紅關心地問道：「一切順遂吧？看你高興得手舞足蹈的樣子！」

「哪有閒暇舞蹈！」大聖笑嘻嘻地說道：「我在練功夫呢！」

「那你這番出征勝敗如何？」

「未勝也未敗。」大聖又道：「硬仗還在後頭呢。」

「怎麼說？」袁紅又有焦慮了。

大聖不回答，問道：「陪我玩玩好嗎？」

「怎麼有心情呢？」

「心情特好咧，陪我玩吧？」說罷，大聖橫舉金箍棒，說道：「我握這一端，你抱那一端。」袁紅照著做。

大聖說道：「抱緊。我要運轉了。」又道：「怕了，趕緊說。」

「和大聖同在，我甚都不怕。」袁紅言語肯定，神情夷然。

大聖於是單手舉棒，就在半空中上下迴旋——起初，甚慢，逐漸加快；左右手交替使用——終於只見棒影，不見猴身。

一時喝采聲四起。原來彭猿、高猩、張虎、金隼獲得大聖返山的消息，立即四處告知。飛禽走獸能攀樹的，就爬到樹梢上、高枝上；不能的，就跑到高岡上、空曠處——一起仰望天上精妙的表演。

接著大聖平舉金箍棒，左右迴旋，也是左右手相互交替；棒子逐漸由長變短，又由短變長；由粗變細，又由細變粗——加速之後，從地上看，就像是一只旋轉中的陀螺。

喝采聲再起——這時發生了意外，大聖把金箍棒變得太粗，袁紅抱不住，滑下來。驚訝中，大聖翻一個觔斗，接住了往下墜的袁紅。喝采聲又起。

回到地面，大家簇擁著大聖，一起走到廣場。飛禽走獸中，有膽子大的，紛紛要求，也能到空中歷險一番。

「都去，都去！」大聖爽快地說道：「在空中，你們愛轉幾圈就轉幾圈，愛轉多快就轉多快。」又說道：「快排隊，照次序來。」

李大猴說道：「大聖哪，你承諾得太隨便了。」

「哦？」大聖不懂，問道：「我不能答應牠們？」

「金箍棒不管是變粗變細，變長變短，到底是兵器。」李大猴提出疑問，說道：「滑溜溜的，不好抱，也不好握，在空中能持多久呢？」

李大猴又說道：「猿猴天天在高低樹叢間穿梭擺盪，轉幾個圈不難；快了還是受不了。」說罷，目視著躺在地上昏睡不醒的袁紅。

李大猴加上一句話：「老虎、獅子、花豹，不慣上樹的，左右多搖擺幾下，恐怕都得躺倒，是罷？」

大聖開始覺得問題不簡單，習慣性地雙手抱頭，為難地說道：「告訴牠們，牠們無法到空中玩，肯定失望。」

排隊等著上天冒險的行列越來越長；各類動物都有。李大猴指著牠們，說道：「不讓牠們失望，你打算一個一個接到天上？」

「我從未食言。」大聖意志轉趨堅定，說道：「那麼就一個一個接吧！」

李大猴到底是個老經驗，馬上想到代替辦法，問道：「大聖，平日演練用的獨木舟，最大的那一艘，可舉得動？」

「那比金箍棒輕多了。」

「好，不用金箍棒，用大獨木舟。」

「我不懂。」

「一船、一船地把牠們帶到天上。」

「我懂了。」大聖大喜，說道：「用船，可帶得穩，帶得多。」

「對了，就是這個意思。」李大猴說道：「一坐上船，多左右擺動，多上下振動，大聖並未食言呀！」

李大猴在安排船次的時候，大聖獨自跑到河邊，把獨木舟隻手高舉過來。

首批，兩隻獅子，三隻老虎和三隻花豹。坐定之後，臨時飛來一大群野鴿子——不照規矩排隊的傢伙——李大猴並未攔阻。

大聖雙手舉起獨木舟，就要騰空，好像想到什麼，又擱下來。李大猴問道：「怎麼啦？出了差錯嗎？」

大聖說道：「還有空隙，你也上來吧！」

李大猴說道：「不，我坐最後一船。」

「船船你都得坐呢！」大聖作了解釋，說道：「船下見不到船上的動靜。我要你做耳目。」

大聖說得有理，李大猴於是上了船。獨木舟在眾目睽睽之下，冉冉上升。半空中暫停了一會兒——八隻大貓，好奇地四下張望，甚是興奮，禁不住豹叫，虎嘯，獅吼。空中的花果山，好像經過巧匠精心雕琢，秀麗精緻。李大猴看了也驚歎不已。獨木舟繼續攀高；野鴿子紛紛飛開，牠們不曾飛得那麼高。八隻大貓突然垂下頭，沉靜下來，像生病了，接著個個氣喘不止。李大猴也漸漸感到不適。於是緊急叫住。

「大聖，了不起呀！」回到地面，李大猴不忘稱讚，說道：「空中風勢強勁，而船竟能文風不動。」

「小事，小事！」讚美的話人人愛聽，大聖未免喜形於色。馬上談到正事上，「搖滾擺動，我看就不必了。」李大猴說道：「上了高空，一般，肯定不嘔吐，也要頭暈目眩。」

「那就罷了？」大聖問道。

「不，不，大聖豈能言而無信？」李大猴說道：「帶大夥兒空中鳥瞰瀏覽罷。」

的確是個好主意。於是一船一船的，都只到半空中——花果山森林景觀盡收眼底，那裡是山，那裡是湖，那裡是溪，那裡是海……看得大夥兒心花怒放，尤其那些只能在地面上走動的動物。坐十一船的，甚至見到日落西海。

暮色裡，李大猴宣布：坐十二船以下的，明日趁早。遲到的將被早到的遞補。飛禽走獸很快就散開走光。袁紅還沉睡未醒。大聖蹲下來，正要抱牠，聽到來自天上的聲音，「齊天大聖」，哪吒太子在呼喊。

金吒、木吒、哪吒三位太子緊隨大聖，很早就飛臨花果山上空。他們極有風度，一直到活動停止，大聖得閒，才呼叫牠。

大聖笑嘻嘻地問道：「叫我，怎的？」

「第一戰，灌江口之戰未分勝負。」哪吒太子說道：「約你再戰。」

「現在嗎？」

「不，不，你累了……」

「我，精神正旺，三位一起來罷。」

「我們的確要三個對你一個。」金吒太子終於開口，說道：「但不是今天。」

「上回你定地點，我定時間。」哪吒太子說道：「這回，我定地點，你定時間。」

大聖喜愛開玩笑，說道：「那就定在明年的此時此刻。」

金吒太子嚴肅地說道：「天王沒給那麼長的時間。講短一點吧？」

「也得鳥瞰活動結束罷。」大聖答。

「那要等多久呢？」金吒太子問。

「總要個七天、十天。」大聖答。

「那就一個月罷。」哪吒太子說道。

「一言為定。」大聖乾脆得很，問道：「地方呢？」

「蒙古戈壁大沙漠，如何？」哪吒太子說道：「那裡地勢平坦，又無人煙。」

「好地方。」大聖說道：「那麼一個月後，就在那裡碰面。」

袁紅早就甦醒，大聖和三位太子的對話，句句都聽進耳朵，張開眼睛，問道：「還要再打呀？有完沒完呀！」

大聖溫情地說道：「放心，袁紅，你見過我打敗仗嗎？」

金吒、木吒和哪吒三位太子已經遠去。對大聖有勝無敗的信念，李大猴、彭猿、高猩、張虎、金鷹等從未動搖過；牠們一致希望，這次遠征，能和大聖一道兒前去，好親身經驗光輝燦爛的一刻。只有袁紅，聽了大聖的話，眼眶紅了。

43

花果山禽獸兵團在大聖率領下，浩浩蕩蕩開赴戰場——戈壁大沙漠。有張虎的虎、豹、獅野戰軍，有彭猿的紅猿野戰軍，有高猩的黑猩野戰軍，總數約有四千。金鷹的偵察大隊來了兩百隻鷹隼。其他飛禽走獸也多有隨行。李大猴、袁紅都在其中。水中動物，則未受到邀請——大聖難以在沙漠中安置牠們。

花果山禽獸兵團不只對戰事起不了作用，而且還得大聖分心照顧。由於禽獸各族的族長，堅持要參予聖戰，以分享勝利的榮耀，大聖才勉強答應。大聖後來一想，這樣子也不錯：除了壯壯聲勢之外，讓眾禽獸見見自己戰鬥時的雄風英姿，挺神氣嘛！

開戰當天，召集了張虎、彭猿、高猩、金鷹等帶兵大將，大聖千叮嚀萬囑咐，叫牠們不管發生什麼事，都不得輕舉妄動——搖旗吶喊，可以；張牙衝鋒，萬萬不行。大聖說道：「天兵天將，打傷他，咬傷他，吃了仙丹，敷上神藥，立即復原。而你們呢，被兵器劃上，非死即傷。死了，是造化；殘廢，那是一輩子折磨。」

金鷹問道：「出動鷹隼，空中偵察行吧？」

「不，不，不，」大聖堅決地答道：「天兵天將個個都是神箭手，千萬不要冒險。」

「萬一，萬一……」不待袁紅講完話，大聖說道：「沒有萬一，萬一的情況；有了，你們也幫不了忙。」說得斬釘截鐵。

千叮萬囑之後，大聖才步出營門。對手還未出現，左顧右盼，這才發現，

颳了兩天的沙暴，終於停下來；眼前灰濛濛的，一片靜謐。日正當中，金吒、木吒和哪吒三位太子才從從容容地從空中降落；有三百名精壯天兵跟隨其後。

「大聖早到呀！」哪吒太子說道。

「帶來數千觀眾，不得不早。」大聖笑嘻嘻地答道。

「不是來助戰的？」金吒太子問道。

「講好一對三，怎能食言！」大聖問道：「眾多天兵也是來觀戰的？」

「見大聖擁眾而來，帶來維持秩序。」哪吒答道。

「好說，好說。」大聖講完話，就一棒橫掃過去。

三位太子並未還手，面對大聖，立即站好三角位置，才各自舉出兵器。金吒太子握劍；木吒太子拿蛇形鋼鞭；哪吒太子，老樣子，右手握精鋼鐵環，左手持長矛，腳上踏風火輪。三位太子都備有綑仙索。灌江口之戰，他們都記憶猶新，於大聖的戰法、招式、手順，可說瞭然摸透；破解之道，三位太子已聯手演練多遍。擒拿野猴，即在今日一戰。

三位太子圍著大聖打著圈子，大聖也緩緩移動，目光不住地來回在三位太子的雙眸上——一有舉動，眼睛最先洩密。圈子越轉越急，大聖也移動得越來越快。從眼珠子，大聖知道哪吒太子就要動手——果然長矛已然遞到胸前，大聖明白這是佯攻，不予理睬，金箍棒逕自襲向木吒太子。在木吒太子即要反應之前，又掃向金吒太子，真正的一擊，指向哪吒太子；哪吒太子趕緊縮下頭，以鐵環擋住來襲的金箍棒。大戰於焉展開。

三位太子很快摸熟大聖一對三的戰術，有了默契，就一招緊接一招，沉著進逼。大聖覺得不輕鬆了，於是把金箍棒變長了一些，壓力馬上減輕。在他們適應新長度之前，棒子縮短，壓力又大減。金箍棒長長短短，一長兩短，三長一短，變化無端，果然把三位太子的情緒攪亂了；情緒亂了，合力攻擊的力道就大不如前，大聖越打越順手，已掌握了主動。

喝采聲四起——花果山飛禽走獸都擠到營門前觀戰，戰到激烈處，猿啼，獅吼，豹叫，虎嘯。其實牠們並未看出大聖已占了上風——立時引起天兵們緊張；為了預防萬一，遂把四位戰鬥者嚴密圍住，面孔朝外，執槍警戒。

帶這麼多禽獸來，來打仗的嗎？不，來喝采的。現在被高個子天兵隔開，遮住，外邊見不到裡邊的，縱有驚險之作，哪來掌聲，哪來喝采聲——斯可忍，孰不可忍！大聖於是把金箍棒變高變粗，像個直立高塔，三位太子來不及收回兵器，霹靂啪啪，相繼擊打在高塔上，捆仙索隨著也把高塔纏住。大聖立即把高塔變小變細，成了繡花針，抽出，夾在耳根上，跳出包圍圈。

眾禽獸最先見到大聖站在高塔上，接著高塔不見，大聖出現包圍圈外，高舉金箍棒，笑盈盈地向大家招手——於是瘋狂了，喝采聲大起。

大聖陶醉在采聲中，幾個眨眼吧，三位太子又把牠三角夾住。天兵們也圍攏上來，以隔絕大聖可能有的外援。三位太子沉穩多了，知道擒住這隻野猴並非易事，而慢打細磨。這個時候，反而大聖顯得輕率，金箍棒變長變短出現了規律，有次，被料準了，失去先機，而被打得險象環生。

眾禽獸見不到大聖，以為被困住了，而聒噪起來。張虎的虎豹獅野戰軍，尤其激動，三番兩次要衝出營門，救援大聖。彭猿和高猩看看壓制不住，於是要求金鷹飛上空中，一看究竟。

金鷹去了，立即飛回，說道：「戰鬥持續進行中。大聖猛勇無比，對手只有招架之力，而無反擊之能。」通告之後，花果山禽獸兵團，才安靜下來。不顧大聖事前的叮嚀，牠們一致要求金鷹出動偵察隊，空中監視，隨時回報。

鷹隼偵察隊開始在空中巡邏，一次二十隻；經常低飛，從大聖頭上掠過——這是致敬，也是支持。

大聖微微蹙起眉頭——太放肆了，叫牠們旁觀，哪有叫牠們俯瞰——隨即釋然：猴子愛行不由徑，帶出來的飛禽走獸，哪有規規矩矩的！

戰事從緊張、激烈轉趨膠著僵持。現在三位太子又圍著大聖打圈圈，大聖則時左忽右、時前忽後地在跳動——雙方都在伺機出擊。

這時天外來了一大隊騎兵——托塔天王李靖獲悉大聖傾巢而來，恐生不測，立命天增元帥率領騎兵隊前來支援。騎兵隊著陸後，立即被布置在前沿，面對著花果山禽獸兵團。

小題大作嘛——輪到三位太子皺眉頭了。就在皺眉頭的剎那，大聖棒子變長，橫掃了一圈，拉大距離之後，把棒子變短，直撲哪吒太子。哪吒太子被擊退了幾步，大聖又把棒子變長，襲向身後的木吒太子和身側的金吒太子，棒子又變短，猛撲哪吒太子。顯然大聖已經明白，三環中，哪一環最弱；牠要把弱的一環先排除。

騎兵隊張弓舉劍的凌人模樣，刺激了花果山禽獸兵團——渴望一戰的情緒，瀰漫全軍上下。金鷹的偵察大隊已悉數升空。沙漠上空，一片鷹來鷹往。

托塔天王李靖帶著親兵，也隨騎兵隊之後趕來。他趕來坐鎮——捉拿一隻小猴子，怎麼這麼曠日廢時——他不理解，也不耐煩了。就在這個時候，一隻鷹隼從李天王面前掠過——怎麼連一隻小鳥也欺負他——毫不思索，張弓就射。即將射中的剎那間，被大聖瞧見；大聖毫不猶豫，把棒變長，跳上空中，將箭撥偏。三位太子見機不可失，緊跟其後，不容大聖稍息，就在半空中，圍住大聖，打將起來。

就這麼一分心，大聖又屈居下風啦。大聖只好把金箍棒舞緊。三位太子見到的是一團棒影，見不到大聖；棒影時大時小，時圓時扁，隨大聖高興。三位太子一時無從下手——好吧，看你能舞到幾時？

李天王就在他們的右上空，於是把手中寶塔擲向棒影。大聖未料有此一舉，被擊中，昏暈過去，連猴帶棒，直往下摔。

「父親，猴子被逼成這個樣子，就要成擒。」金吒太子搖搖頭，委婉地說道：「你不該

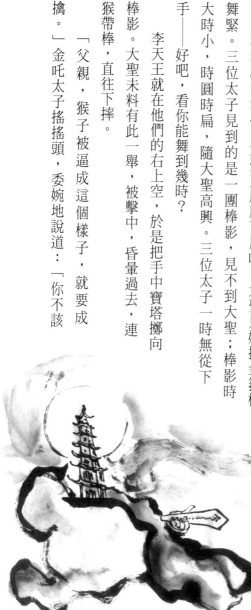

插手這件事。」

「哦？」李天王睜大了眼睛，問道：「我在搶功啦？」

「我們和齊天大聖約好，一對三；你加進來，就成了一對四。」木吒太子說道。

「落了人口實，我們兄弟以後如何見人。」舉起長矛，抓緊鐵環，哪吒太子大聲說話。

哪吒太子個性倔強，幼時曾經氣憤地拿起斧頭追殺老爸——李天王不敢太意，也握緊了劍把；見哪吒太子未另有舉動，才厲聲說道：「取捆仙索來，快綁住猴子！」停頓了一會兒，才又平靜地說道：「是是非非，以後再說吧！」

三位太子悻悻而去，未有多言；留下一臉尷尬的父親。

大聖被擊中，從空中下墜，正好掉到騎兵隊前方不遠的沙丘。金鷹即時率領鷹隼翔集其上，以為護衛。張虎的虎豹獅野戰軍首先衝出去，沙漠上吼聲隆隆；彭猿的紅猿野戰軍和高猩的黑猿野戰軍，或執石塊，或舉木棒，也不落大貓之後，蜂擁而前，喊聲震天。

騎兵隊，紀律良好，未奉命令，不動如山。天增元帥見飛禽走獸傾營而出，並接到擒拿大聖的手令，立即手執捆仙索，指揮騎兵隊全速前進。

大聖只昏迷了一會兒，及到地面，已全然蘇醒；聽到嘈雜聲，由遠而近，一邊是急促的馬蹄聲，另一邊是禽獸的吼叫聲，馬上感到情況危急——一有接觸，飛禽走獸肯定死傷纍纍。急中生智，見到騎兵隊的坐騎，全徵自御營馬場——老友嘛，大聖於是吹出一聲長長的口哨，奔跑中的天馬，立即不聽支配，嘶鳴嘶鳴的，全停住不進。再吹一長串短促的口哨，立即把騎兵們全甩下馬。天增元帥和他的九大將軍也不例外。另吹一短一長的口哨，一千二百匹天馬全集合在大聖面前，按白馬、黑馬、棕馬整齊排列好，等待大聖校閱。

突生意外，天增元帥、九大將軍和騎兵們最初都莫明所以，不過很快就瞭然於胸——他們的坐騎遇到了老長官。於是集合了前面的三百天兵，暫時退往天上，和苦惱中的李天王會合。而三位太子早已聯袂遠去。

大聖手執金箍棒，騎著白王，袁紅緊摟大聖的脖子，在沙漠上，繞著花果山禽獸兵團，一圈轉過一圈，揚揚自得，接受熱情的歡呼。

在馳騁的馬背上，袁紅和大聖在講悄悄話。袁紅問道：「天兵天將全走了，一個不剩；我們還留在這裡嗎？」

「不留，不留！」大聖答道：「明日他們不來，我們就回花果山。」

袁紅滿懷憂慮，說道：「以後就別再打啦。」

大聖說道：「不打，不打！」

袁紅問道：「那麼我天天都可以騎在你的肩膀上啦？」

大聖答道：「可以站我的頭頂上。」

44

大聖當然沒有那麼天真，認為事情都過去了；

李天王肯定又去調兵遣將——不管何方神聖，誰來都一樣，抓我齊天大聖，沒那麼容易！

大聖一夜未眠——牠在思索怎樣利用兵器上的優勢。再戰三位太子，牠應該怎樣改變戰術？如果加上二郎真君，牠要怎樣應付？如果再加上幾個二郎真君呢？牠一邊思索一邊拿起金箍棒比劃。倒是花果山禽獸兵團，個個狂歡到深夜，隔天醒來，已日近中天。

一夜無事。次日是個艷陽天；萬里無雲，千里無風。一大早，天馬群就自動整隊好，聽候大聖差遣。大聖心情忒好，一匹馬又一匹馬，摸頭又撫背，一千二百匹，匹匹不漏。

「患難見真情。」大聖對著天馬群說道：「我深深體會了。現在，沒事了，回馬場去罷。」

天馬群嘶嘶喝喝狂叫，在白王帶領下，一匹接著一匹躍上空中。

送走天馬，再送走花果山禽獸兵團吧！當初只為了喝采聲，就把牠們帶到沙漠，實在虛榮又草率。怎麼辦？叫金鷹空中領路，張虎、彭猿和高猩沿路約束，行嗎？我，不跟著，牠們肯走嗎？不走，肯定統統死得難看！

艷陽天只得半天。中午過後，開始颳風，接著烏雲密布；看看就要傾盆大雨──我，大聖，風雨不畏，可是花果山禽獸兵團怎辦？

咦，風神、雨神和雷神，不都在頭頂現場嗎？上去和他們商量商量吧。

雨神說道：「戈壁沙漠已經連續十年九個月未曾下雨。沙漠中，蛇蟻昆蟲多有渴死。土地公玉帝面前告狀。今日要下特大特大的雨咧。」

雷神說道：「趁著雨天，我正好施肥。不然花草長不美，灌木長不大。」

風神說道：「不把烏雲聚廣聚厚，怎下得大雨？」

「為難我嘛！」大聖說道：「早不下，晚不下，偏偏趕我在的時候下，而且下大雨呢！」

「這事不干我等。」三神誠惶誠恐，齊聲說道：「這是上頭的旨意。」

「我沒叫不颳風，不下雨，不打雷。」大聖說道：「我只要求晚個兩天、三天；不讓我的禽獸兄弟狼狽回家。」

「大聖真正為難我等咧。」三神齊聲又道。

「你們能十年、八年不下雨，不能等我大聖三天、兩天！」大聖厲聲說道。

「這樣吧！」風神打圓場，指著下面一座大山，說道：「你們就小停這山山背。我風不吹到那裡。」

雨神說道：「大聖經過之路，停息之處，我雨且不落到那裡。」

雷神舉起他兩枝大鐵錐，說道：「我，雷敲輕一點。」

大聖知道只能通融到這樣，於是說道：「承情，承情。」

轉頭對雷神說道：「敲重些無妨，嚇不倒我們。」

花果山禽獸兵團在金鷹的引領之下，向著沙漠中的一座大山前行。果然所經之處，無風無雨，左右兩側則大水滂沱。近處，風雨瀟瀟；天邊，輕雷隆隆。禽獸兵團走得極慢，到得大山，已是日暮黃昏。

彭猿和高猩率部安營紮寨，張虎率部巡邏警戒。食物的香味，一陣一陣地迎面而來，猿猴和大貓都停下了工作；循著香味的來源，都見到了——就在不遠的地方，大山腳下，有九頂極大的蒙古包；蒙古包隱隱發出白色的光芒。

大聖大喜——雷神、雨神和風神真夠朋友，知道大夥兒一整天只喝雨水，未有進食，而準備了豐盛的大餐。帶著整日形影不離的袁紅，就要踩進蒙古包門口時，袁紅說道：「大聖，未有主人邀請，貿然闖進，不好吧？」

袁紅適時的提醒，引起大聖的警惕。「說得對，說得對，」大聖說道：「吃下可疑食物，中毒怎辦？」

「在外等著。」抱下袁紅，大聖說道：「告訴彭猿牠們，出來招呼之前，不許擅入。」

到了裡面，白茫茫一片，大聖只聞到香味，並未見到食物；越走越深入，後來乾脆用跑的，蒙古包好像長得永無止境——不好，自投羅網，我陷入

「天羅地網」了。「天羅地網」是精絲製成伸縮自如的巨型白色絲袋；刀砍不入，劍戮無傷——捲簾將軍曾經這樣告訴過牠。

大聖急忙往外衝，像箭一樣快，但是來不及了。門被封住了。另外，袁紅怎能擋得住飢腸轆轆的猿猴和大貓呢——見大聖久久不出，以為牠在裡頭大快朵頤，就一擁而入。整個花果山禽獸兵團就這樣，除了飛禽，全被裝進「天羅地網」中。

天兵天將大呼萬歲，托塔天王李靖開懷大笑——想不到這隻猴子竟然這麼容易就被擒獲——這次他帶來百員大將，二萬精兵，以為會有一番大戰呢！

「明天，天大亮之後，」李天王說道：「區別出哪一只天羅地網裝進妖猴的，留著；其他，就放生吧！」

雷神、雨神和風神並未出賣大聖。而是大聖臨去的時候，被路過的李天王瞧見；他過來問究竟。三神把經過一五一十地說給他聽——他們並不認為這有什麼不可告人的。

45

在混亂中，金鷹一把抓起袁紅，

把牠安放在山腰的巖穴中。牠自己則帶著鷹隼大隊，來回低飛，試圖接近被層層天兵嚴密保護的蒙古包。牠們並不知道，這些蒙古包是特製的，韌性極強，並非利爪所能抓破，尖喙所能刺穿。

猿猴走獸爭先恐後，衝進蒙古包的蠻勁，確實讓袁紅嚇呆。看到金鷹無功而返，袁紅倒沉著，牠一一數著大聖的幾個至友，哪一個能前來搭救，牠要前往報訊——大獅王威風凜凜，本事最大，可是到哪裡去找？牛魔王有萬牛兵團，可惜遠水不救近火！至於蛟魔王、猛犬王和紅蠍王，還有金扇公主，看樣子，本領都一般般——袁紅想一想就睡著了。夢中，牠見到金箍棒把蒙古包撐破，大

聖騰跳出來，臉上是大聖一貫調皮的笑容。

被裝進「天羅地網」，起初，大聖是有點慌張，但是一想到捲簾將軍曾提過天國有這種裝備之後，立即冷靜下來——也許金箍棒能應付。牠把金箍棒變長，直立，咦，蒙古包越撐越高；橫拿，蒙古包隨著越張越大。金箍棒變得細長，像根長針，刺進去，彷彿插入軟綿綿的棉花堆，毫無作用。發現金箍棒並非萬能之後，牠就停下不再試探。於是盤膝而坐，思考李天王可能的下一步——餓死、悶死我們嗎？不至於吧？他一定單獨把我提出；這樣，他非得開一個口，這時候，我就變隻小蟲飛將出去。想定之後，大聖就坐近門邊。

大聖無奈地望著倉皇無措的猿猴和大貓。張虎和大聖陷入同一只「天羅地網」。張虎臉帶輕蔑，說道：「這就難倒我們，可笑吧！」

「哦，」大聖問道：「你有辦法？」

「看我的。」張虎說罷，就東指西點，部署了四面突破的陣勢。

一聲號令，虎、豹、獅等大貓立即全速前衝；不曉得跑了多久，跑了多遠，帷幕依然近在眼前。猿猴跑得慢，不讓跑，就命牠們就地牙咬指劃，把腳底的地幕磨出缺口——當然，一定是徒勞而無功；大聖先前試過了。獸群都累了，坐下來稍息，蒙古包又悄悄縮回原來大小的模樣。

重複七遍之後，飢餓加上疲勞，獸群都躺倒睡著。張虎也不例外。其他八個蒙古包，也都同樣吧，困獸之鬥之後，也都安安靜靜——大聖這樣想。咦，怎麼有冷風滲進來？有裂縫咧！厲害，牠們居然把蒙古包撞裂！大聖毫不猶豫，立即變作小黑蠅，衝將出去。到了外面，一瞧，原來是紅蠍王鬆的縫，開的口。

紅蠍王先遣送一大批毒蠍、紅蟻潛入天軍軍營。趁著前前後後，左左右右的天兵忙於抓癢，不顧看守之際，牠輕而易舉地靠近了蒙古包——「天羅地網」。抬頭一看，大聖就站在旁邊，紅蠍王驚訝地問道：「原來你不在裡邊？」

「剛出來的。」大聖笑嘻嘻地說道：「門才露一條縫，我就鑽出來。」

「巧呀！第一個就掀到大聖的。」紅蠍王說。

「不是路過的吧？」大聖問。

「現在沒空談這個。」紅蠍王大聲說道：

「約束好花果山禽獸兵團，儘管高喊大叫，不得

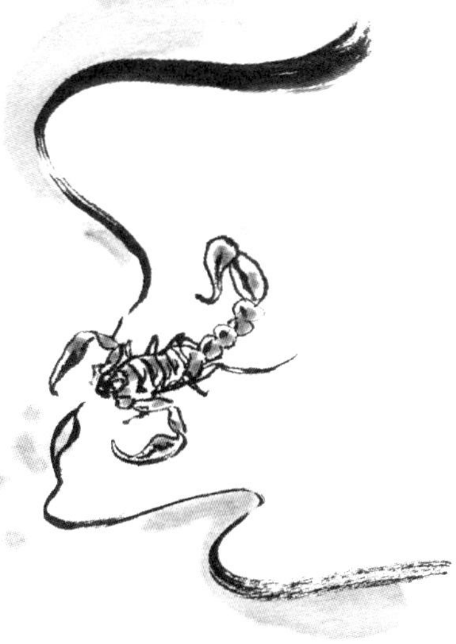

亂跑妄動！」

「哦，」大聖滿臉疑惑，問道：「誰下的令？」

「金扇公主。」紅蠍王答道：「我們的盟軍統帥。」說罷，就和大聖聯手釋開其他八只「天羅地網」。

猿猴、大貓一出籠，吼聲驚天動地。大聖立即攔在前面，並以金箍棒劃出長長深深的一條大溝，不許牠們越雷池一步。飛翔中的鷹隼也命牠們下降到地面。

天兵天將從沉睡中驚醒。李天王和天增元帥也從禪定中醒轉。他們都不明白「天羅地網」怎麼圈不住凡間的野猴、大貓。突然間，天軍全軍上下個個麻痛不止。在這以前，看守「天羅地網」的天兵受到毒蠍、紅蟻侵襲；同時，其他天兵天將也遭到眼鏡蛇、赤煉蛇、百步蛇……各類毒蛇突襲，而現在毒發了——原來蛟龍王帶著蛇群穿越沙漠，從地底下潛伏進來，趁著天色未明，天兵天將尚在熟睡，咬上一口後迅速溜走。

只有李天王和天增元帥安然無傷——坐在空中禪定，自然蟲蟻蛇蠍無以接觸。

天軍的正前方，現在大溝已經被填平，花果山禽獸兵團蠢蠢欲動，大聖手執金箍棒，耀武揚威；左邊，奔馳中的大獅王雄獅兵團，吼聲震耳；右邊，急行中的牛魔王萬牛兵團，揚起沙塵，漫天飛旋；天空上，紅蠍王的毒蜂兵團，遮天蔽日。

天增元帥見到這種情況，在天兵天將吃下仙丹，敷上神藥之後，立命掩面後撤。天兵天將奔跑了好一陣子，正要稍歇，左方、右方、後方，各有一大群高大獵犬，猛撲狂吠過來。天增元帥無心應戰，終於被逼退到一個角落，進入「天羅地網」——那是紅蠍王的戰利品，被金扇公主取出利用；九座「天羅地網」捕獲了天將百員，天兵二萬。天增元帥未能倖免，也在其中。

托塔天王李靖隻身落荒而逃。被大聖斜眼瞥見，急忙追過去，牠要捉住他，就像他要抓牠一樣。空中，大聖聽到熱烈的歡呼聲：

「打上南天門，活捉李天王！」

「包圍靈霄寶殿，打倒玉皇大帝！」

「玉帝退位，大聖萬歲！」

……………

現在要補敘一下，金扇公主他們出兵軍援大聖的經過。

大聖從天國逃回的那一天，牠先找上金扇公主；那天正巧是聚會日。聽了大聖惹禍的前後經過，大家雖然同情，但是愛莫能助——和天國對抗，無異於以卵擊石。

在雲端上送別大聖，離去時，見大聖形單影隻，六歲不到的猴子，孤零零的一個，金扇公主也動了惻隱之心；回到金扇公主的蒙古包，大夥兒的態度立即改變——一致要求，共赴友難。

第一戰，灌江口之戰，趕不上幫忙。二郎真君以難纏聞名，大聖竟能戰和；金扇公主等頗感意外，而不勝喜悅。

第二戰，獲悉戰場選在戈壁沙漠，那是紅蠍王大本營所在，離蛟龍王、金扇公主都近，於是決定了就在這個地方，助大聖一臂，和天兵天將大戰一番；死傷難免——生死由命，輸贏由天吧！

各路蟲蟻蛇蠍，獅牛人馬，千里跋涉，兼程並進；到了戈壁沙漠，以人類智慧最高，公推金扇公主作為盟主。

豪雨阻攔了進軍。到得大山邊上，已是深夜，花果山禽獸兵團突然失去蹤跡。紅蠍王在巖洞中找到了金鷹和袁紅，才知道大聖全軍覆沒——全軍陷進「天羅地網」中。

從袁紅口中，得知大聖嚴戒禽獸兵團和天兵天將短兵相接——體會了大聖的至意，金扇公主臨時重擬了作戰規範，而在拂曉時發動攻擊。想不到不損一獸一蛇，一蟻一蠍，金扇公主等全勝而歸。

46

有人問蘇格拉底：

為什麼大家都認為，他是全希臘最有智慧的人？

蘇格拉底回答說：因為全希臘只有他一個人知道自己是無知的。

在御書房，玉皇大帝把這段對話說了一遍，問道：「佛祖，你以為蘇格拉底無知嗎？」

佛祖答道：「是的，我也一樣無知。」

玉皇大帝微笑地說道：「最近，我領悟了自己無知，也領悟了自己無德。」

佛祖點點頭，說道：「能明白自己無知、無德、無能，就是智慧呀！」

從殿外傳來，武將的呼喝聲，間雜著兵器相擊的鏗鏘聲。見佛祖若有所思，玉皇大帝說道：「佛祖呀，你以為我有意縱容？」

「我不是這樣想。」佛祖說道：「我好奇，今天這裡是不是有什麼吉慶。」

「猴子和將軍們在玩武戲。」

「這隻猴子本事不小咧。」

「是啊，闖過南天門，在金闕雲宮外逞威。」

「我聽說了，」佛祖說道：「有一隻猴子來自一塊大石，聰明伶俐，武技不凡。」

「就是這一隻猴子，到處惹事生非。」玉皇大帝說道：「給了我不少困擾。」

「哦，猴子怎能困擾大帝？」

「燒生死簿，偷摘蟠桃，偷吃千年松露，偷喝御酒。」

「都是小事嘛。」

「對一隻六歲不到的小猴子，做了這些事，能計較嗎？」玉皇大帝說道：「惹怒滿朝文武，那就不能不聞不問啦。」

「需要如此大動干戈嗎？」

「我提醒過了，」玉皇大帝說道：「我說，有一種力量，見不到的，那比見得到的，更具神奇，譬如說，講道理。試試看罷。」

「大臣們怎麼說？」

「沒有人能體會，都說我仁慈寬厚。」玉皇大帝又說道：「李天王甚至說，猴子聽不進道理的；牠只認識拳頭和棍棒。」

佛祖笑著說道：「李天王捨不得香蕉和橘子咧。」

「忘記這隻猴子罷。」玉皇大帝說道：「繼續剛才的話題，智慧……」

這時候內侍進來，說，張仙翁有急事求見。

「猴子的事嗎？」玉皇大帝問道：「李天王解決不了嗎？」

「李天王認為禁城的武將不可靠，已到他處借將調兵。」張仙翁說。

「大帝的武將不可靠？」佛祖有些疑惑。

「難以想像吧，佛祖，」張仙翁說道：「禁城的武將們，個個和猴子交情非凡，不是大哥，就是小弟。」

「張仙翁，來得那麼急促，」玉皇大帝問道：「不是來告訴我，李天王借將調兵的事吧？」

「當然不是。」張仙翁說道：「猴子嚷嚷叫叫的，說要面見大帝，面對面講道理。」

「講道理，」玉皇大帝點頭說道：「居然由猴子先提出來。」

「這隻猴子不懷好意。」張仙翁說。

「牠有什麼難言之隱嗎？」玉皇大帝問。

佛祖微笑著說道：「我打頭陣，說僵了，大帝才出面吧。」

佛祖和張仙翁並肩走出靈霄寶殿，站在金闕雲宮牌樓下面——只見廣場上，眾武將團團圍住大聖，東呼西喝，緊打猛攻；卻見大聖手執金箍棒，左指右敲，前衛後擊，意態逍遙。

張仙翁說道：「他們並未真打，彼此都在套招。」

佛祖微笑著說道：「難怪大帝說他們在玩。」

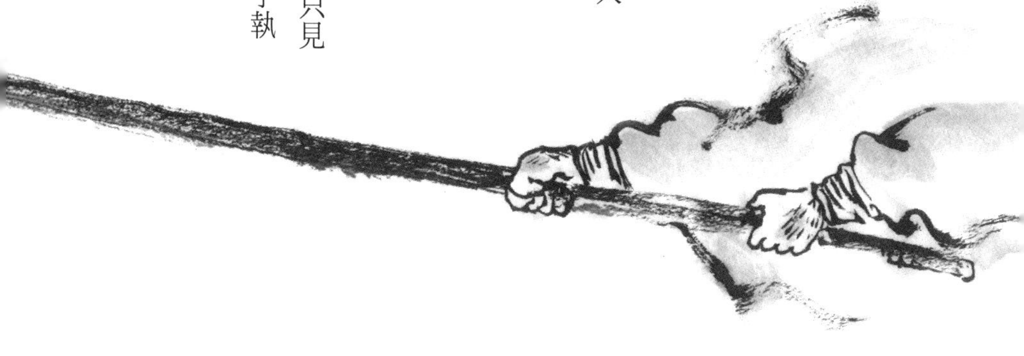

大聖見張仙翁去了又回，而且身邊多帶了一位金裝胖和尚前來觀戰，勁頭來了，把金箍棒加碼變長，舞得像陣旋風。眾武將嚇了一大跳，趕緊後退幾步，以避其棒。就在後退之際，大聖收起金箍棒，赤著雙手，遙向張仙翁和胖和尚打躬又作揖。眾武將又一擁而上，大聖立即把金箍棒變粗變長，像根大圓柱子，兵器打在上面，乒乒乓乓。大聖坐在圓柱子上，笑得嘻嘻哈哈。

大聖跳上天空，作勢躍向雲霄寶殿。這一下，眾武將緊張了，在空中，把大聖層層圍住；上上下下，左左右右，前前後後，十八般兵器齊指向大聖。大聖只得又舞起金箍棒，把自己護在棒圈內，然後緩緩下降到廣場。

佛祖說道：「都停下來吧！」聲音不大，但有威懾；大聖、眾武將都禁不住垂下兵器。

大聖問道：「哪來和尚，敢叫息兵？」

佛祖拱手說道：「貧僧，釋迦牟尼。」

「聽說過。」大聖問道：「你不在西天讀經，卻來這裡勸架？」

「大聖不是說要講道理的嗎？」張仙翁說道：「直言無妨，有道理，有要求，佛祖肯定代為轉達。」

「儘管說罷。」佛祖說道：「豈止轉達，還可作主承諾。」

在這兒，要補敘一段故事：

大聖在沙漠風暴中追丟了李天王，於是逕直跳到南天門等候。牠一心想要抓住他。大聖並沒有想太多，抓李天王有什麼意義——賭一口氣罷；看誰神氣！

到了一向警衛森嚴的南天門，大聖甚感訝異，怎麼只有兩位將軍看守！是了，他們參加遠征軍，都被押在「天羅地網」。金闕雲宮可能也一樣，沒有幾個人守衛，趁著這個難得機會，進靈霄寶殿拜見玉皇大帝罷——進出天國多遍，說沒見過玉皇大帝，不是丟臉嗎？

於是毫不猶豫，變隻仙鶴，優雅地飛過南天門。到了金闕雲宮廣場，大聖大喜，竟然守將一個不見。變回猴身，上下打理一番，大聖才抬頭看，哇，周圍密密麻麻的，御林軍哪；還有十二位御前大將，個子都有三人高，站在後頭，虎視眈眈。

御林軍頭子取下軍盔，哦，原來是捲簾將軍，大聖問道：「老弟，何時調職的？」

捲簾將軍不答，問道：「敢是地界容身不得，重回天國？」

「窮追李天王，不期躡到這裡。」

「千員天將，十萬天兵，俱被你打敗了？」

「太瞧不起我齊天大聖，」大聖答道：「只來百員天將，二萬天兵，都被我塞進天羅地網，獨逃掉李天王一個。」

「李天王不在這裡。到別處找吧！」

「既然到金闕雲宮來，就順道拜見大老爺玉皇大帝。」

「拜見大帝規矩甚嚴，豈可臨時起意？」

「我有通行券，」說罷，大聖取出金箍棒，問道：「這是也不是？」

捲簾將軍戴回軍盔，二話不說，舉杖就打；御林軍個個拿起兵器，四面圍上；大聖舉起金箍棒橫掃縱擊，意態從容，似不欲戰。

戰鬥的喧譁聲驚動了張仙翁，過來一瞧，皺起了眉頭：稍早他才獲得李天王勞師無功的消息，這隻猴子怎麼這麼快，茶喝不到一盞，就出現眼前。

見到張仙翁，大聖變長了金箍棒，逼退了御林軍，喊道：「張仙翁，他們不許我晉見玉皇大帝大老爺，您老可能引見？」

「見大帝作甚？」

本想講，瞻仰瞻仰一番嘛，大聖機警地改口說道：「和大老爺，面對面講道理。」

「講甚道理？說說，我轉告。」

「講道理」只是隨口說說，大聖全無概念，於是掄棒又打，說道：「打不贏，看樣子，見不到大老爺。」

在張仙翁面前，大聖奮起神威，身手變快，一棒緊跟一棒，長棒短棒隨心所欲。御林軍訓練有素，沉著應戰，並未慌亂。大聖三番兩次，想躍過御林軍，跳向靈霄寶殿，都被強力擋回。

十二位御前大將尚在袖手旁觀。大聖明白，只要御林軍稍有不支，他們就會加入戰局。大聖又發現，只要牠不試著朝靈霄寶殿方向打，御林軍的攻勢就緩和下來——哦，兄弟們手下留情呢！

一邊打，一邊想，慢慢地，大聖的腦瓜子浮現了「道理」。

「說罷，我認真聽。」佛祖說話，語氣溫和，態度嚴肅。

「有一件事，我甚是不解……」大聖停頓了一下，思索下面的話該如何措辭。

佛祖以慈祥的目光鼓勵牠說下去。

「天國、地界，為何不能來去自由？」

佛祖問道：「怎麼啦？」

「我齊天大聖，出國一趟，都得掄刀運棒，這算哪門子天國？」大聖指的是，牠不習慣天國生活，第一次出走的那件事。

佛祖稱許地點點頭，問道：「就只這件事嗎？」

大聖想了一下，說道：「還有一件。」

佛祖微笑著，示意牠繼續說。

「遴選天國居民，怎可不顧人情天倫？」

大聖回憶起，一次無意中走訪東方一村，這是牠那時候的感想。

佛祖睜大眼睛，目視著大聖。

「隔別好友，分離夫妻，拆散家庭，這算天國恩德？」大聖越有自信，說話越是流利。

佛祖閉起眼睛想了一下，說道：「兩個問題，的確都不是我能作答的。」

佛祖又問道：「只這兩件事嗎？沒有別的？」

「是的，兩件，沒有別的啦。」大聖答。

「大聖，」站在一旁的張仙翁終於開口，說道：「我們朝夕相處，有不對勁的，怎麼不先問我？」

佛祖轉身要離去，大聖才想起，牠要見的不是佛祖，而是玉皇大帝；著急了，於是說道：「還有一件。」

佛祖慢慢地回過頭，眼睛仍然流出慈光。

「玉皇大帝為何萬世不替，不能換班輪流？」大聖口不擇言啦。

佛祖平靜地問道：「你的意思……」

「若能換班輪流，且讓我齊天大聖做一日天尊，過過癮嘛！」大聖肆無忌憚啦。

佛祖微笑地點點頭，說道：「這一件，我能做主。」

大聖大喜，問道：「你確能做主？」

「我能做主。」佛祖於是問道：「你有何知、何德、何能可做天尊？」

大聖答道：「於鳥獸蟲蟻蛇魚語言，我無一不通，無一不曉，是知也。」

大聖又道：「出世以來，歷經百戰，未有挫折，是能也；百戰而未傷一人一獸，是德也。」

佛祖含笑地點點頭，說道：「我以為做天尊的，要無知，無德，無能。」

大聖大笑，說道：「佛祖呀，你在說獃話。」

佛祖伸出一隻肥厚的手掌，正色說道：「站上，走得出去，就叫大帝讓位給你。」

「真的？」大聖說道：「我翻一個筋斗就十萬八千里，小小一隻手掌，豈能奈何我？」

大聖於是把身子變小，站上佛祖的手掌，說道：「我走了。」風馳電掣，不曉得走了多遠，在一個山腳下，遙遙望見五指山山峰。留下證據罷，大聖就地撒了一大把猴尿。

就在這個時候，佛祖翻下手掌，把大聖壓在五指山山底下。大聖運力鑽出一個頭，說道：「佛祖呀，說不過我，就翻臉啦？」又說道：「快快放我出去！」

「偉大的力量，常常是來無蹤，去無形。」佛祖離去時，留下這一句話，意思深遠。

「佛祖，快快把山移開！」

「佛祖，說不過我就翻臉！」

「佛祖，快快把山移開！」

「佛祖，說不過我就翻臉！」

大聖不住地高喊大叫，並無回應。暮色四合，大聖氣餒了，問道：「把我鎮壓在大山腳下，佛祖，到底要多久呀？」

來自遙遠的聲音，但是字字清晰：

智慧是從孤獨中來的。

文學叢書 235

猴王 孫悟空的童年時代

作　　者	鄧維楨
總 編 輯	初安民
責任編輯	丁名慶
美術編輯	黃昶憲
內頁繪圖	小葉拾事
校　　對	丁名慶　鄧維楨

發 行 人	張書銘
出　　版	INK印刻文學生活雜誌出版有限公司 台北縣中和市中正路800號13樓之3 電話：02-22281626 傳真：02-22281598 e-mail：ink.book@msa.hinet.net
網　　址	舒讀網http：//www.sudu.cc

法律顧問	漢廷法律事務所 劉大正律師
總 代 理	成陽出版股份有限公司 電話：03-2717085（代表號） 傳真：03-3556521
郵政劃撥	19000691 成陽出版股份有限公司
印　　刷	海王印刷事業股份有限公司

出版日期	2009年10月 初版
ISBN	978-986-6377-13-6

定價　240 元

Published by INK Literary Monthly Publishing Co., Ltd.

Printed in Taiwan

國家圖書館出版品預行編目資料

猴王 孫悟空的童年時代 / 鄧維楨著.--初版，
--台北縣中和市：INK印刻文學，2009.10
面；　公分. --（文學叢書；235）
ISBN 978-986-6377-13-6（平裝）

859.6　　98015513

NK INK INK INK INK INK IN
K INK INK INK INK INK INK
NK INK INK INK INK INK IN
K INK INK INK INK INK INK
NK INK INK INK INK INK IN
K INK INK INK INK INK INK
NK INK INK INK INK INK IN
K INK INK INK INK INK INK
NK INK INK INK INK INK IN
K INK INK INK INK INK INK
NK INK INK INK INK INK IN
K INK INK INK INK INK INK
NK INK INK INK INK INK IN
K INK INK INK INK INK INK
NK INK INK INK INK INK IN
K INK INK INK INK INK INK
NK INK INK INK INK INK IN
K INK INK INK INK INK INK
NK INK INK INK INK INK IN
K INK INK INK INK INK INK
NK INK INK INK INK INK IN
K INK INK INK INK INK INK
NK INK INK INK INK INK IN
K INK INK INK INK INK INK
NK INK INK INK INK INK IN

INK INK INK INK INK INK
NK INK INK INK INK INK IN
INK INK INK INK INK INK
NK INK INK INK INK INK IN
INK INK INK INK INK INK
NK INK INK INK INK INK IN
INK INK INK INK INK INK
NK INK INK INK INK INK IN
INK INK INK INK INK INK
NK INK INK INK INK INK IN
INK INK INK INK INK INK
NK INK INK INK INK INK IN
INK INK INK INK INK INK
NK INK INK INK INK INK IN
INK INK INK INK INK INK
NK INK INK INK INK INK IN
INK INK INK INK INK INK
NK INK INK INK INK INK IN
INK INK INK INK INK INK
NK INK INK INK INK INK IN
INK INK INK INK INK INK
NK INK INK INK INK INK IN
INK INK INK INK INK INK
NK INK INK INK INK INK IN
INK INK INK INK INK INK